角野栄子の毎日 いろいろ

『魔女の宅急便』が生まれた魔法のくらし

角野栄子

角川書店

おくつは
くつくつと　わらいます。
ぼうしは
かぶる　かぶると
わらいます。

わたしは　おかしいと
わらいます。

かどの えいこ

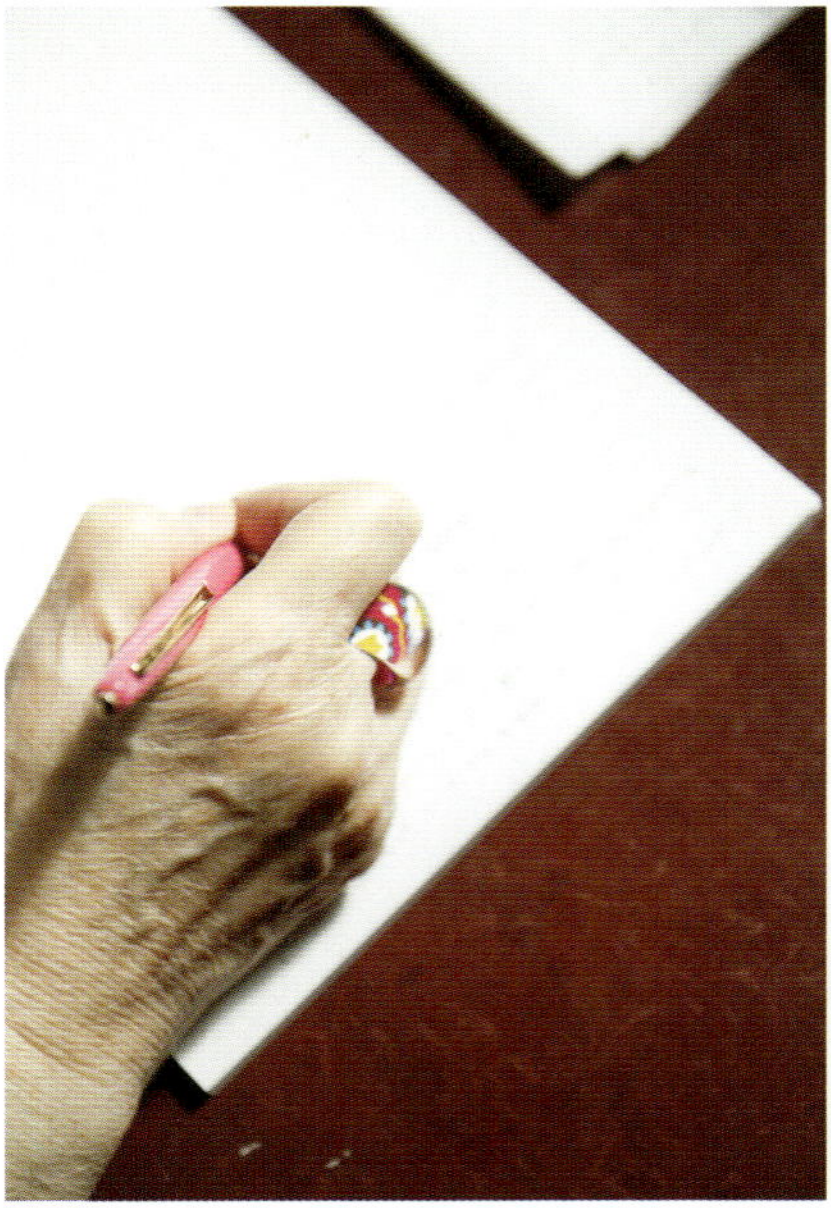

目次

1
角野さんの毎日

家の収納のほとんどを占める本棚
いちご色の壁
原稿執筆の合間に描くいたずら描きや
アイディアを書き留めておく手帳など
角野栄子の日々に欠かせないもの
住んでいる街や庭の楽しみといった話も少し

本棚だけは、なにをさておいてもたくさん！

「物がない時代を経験しているから、物はなかなか捨てられない。洋服など身の回りの物は自分の好みで選んでいるので、縮んだり、シミができても、別れが辛《つら》い。時間ができたら、何かに生まれ変わらせたいなんて、つい思ってしまう。こんな性格だから、本となると、もっと大変。鎌倉《かまくら》に家を建てるとき、デザイナーにまずお願いしたのが『できるだけたくさんの本棚を造って欲しい』ということでした」

児童文学作家の角野栄子が、たくさんの収納と地震のことも考え、床から天井まで高さがぴったりの本棚をオーダーしたのは、鎌倉に居を構えた二〇〇一年のことだった。

「本棚に入れておくと、本の上の部分に埃《ほこり》がたまるでしょ。それで扉をつけようと思ったけれど、そうすると何をどこに入れたかわからなくなるし、それっきり忘れてしまうものも出てきそう。できるだけ多くの本を収納するために、書庫をつくって可動式の棚にするアイディアも出ました。でも、歳をとってから大きな棚を動かしたりするなんて大変だし、結局、シンプルな本棚になったんです。はじめは背表紙を揃えて作家別にしようと考えたこともあったけれど、今はすぐ近くに好きなものを置く、自然な流れになりました。そのほうが自分でもわかりやすい。唯一気をつけているのは、出したところに戻すこと。当たり前のようだけれ

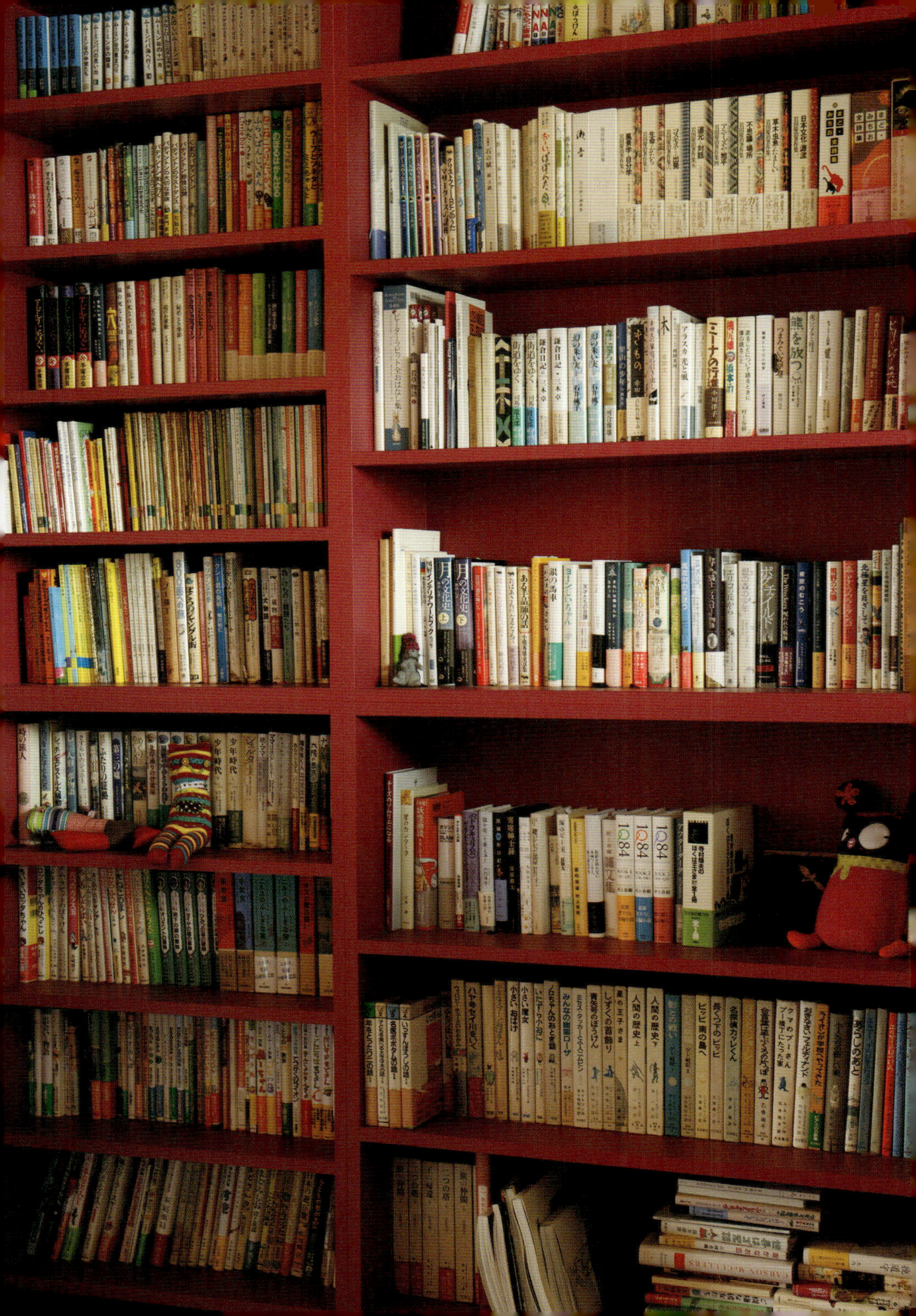

1Q84
月の文化史
人間の歴史
ミーナの行進
鎌倉日記

(右上)キッチンとダイニングを仕切る壁には文庫サイズの本棚を。(左上)著作を収納しておく本棚。(下)何度も繰り返し開く本は、仕事部屋近くの本棚に収納している。

仕事机の後ろの床から天井まである本棚には、思いついたことを書き留めておく歴代の手帳とともに、文庫本がぎっしり。

ど、忘れがち。でも、それをしておくとなんとか片付くのよね。この棚には自分の作品、ここは娘が小さいときに読んでいた本、こっちには好きな作家の本などなど……といった具合に棚を自分なりに使い分けているので、どこになにがあるかがわかりやすい。でもね、本当は壁画のように壁に自分で絵を描きたかったのだけど、どの壁も本棚ばかりで少ししかあいている壁がなくて、それが残念！」

本棚はリビング、ダイニング、仕事部屋、納戸など全部合わせて二十本近く！　蔵書の中でも大多数を占める自身の専門、児童文学書はサイズがまちまちなので整理が難しかったそうだが、あえてサイズを気にせず、棚板は同じ高さに設置することにしたそうだ。

「本当は自分の好きな本を二十冊くらい持っていたらそれでいいんでしょうけれど。本はどうしても処分できなくて、今では食器の数を減らしてキッチンの棚にも本を入れている始末。トイレの棚も本棚になってしまった。暮していくうえで、本は優先順位第一位なのね。そう考えておくと、なにかを始めるときに、スムーズ。例えば、家をどうつくるかというときにも、あれこれ迷わずに、本優先と決めたからラクだった。それにしてもまだ読めないでいる本がいっぱいあって、これからどうしよう。書く時間も足りないのに！」

リビングの壁は一面見事ないちご色。それに合わせる60年代のイームズチェアの色は、少しくすんだ紫。

いちご色は、私の色

「娘が生まれたとき、娘の色はブルーにしようと決めました。洋服やお人形も、基本色はなるべくブルーに。普段の生活の中に自分の定番の色があるってとても便利、何かを決めるにも迷わなくてすむし。私の色がいちご色に落ち着いたのは四十代のときでした。それまでは洋服は、黒かグレーで無難な色をと思っていたの。自信がなかったのだけれど、ある日たまたま赤い服を着ていったら画家の方に『赤が似合いますね』と褒めていただいた。それが今の自分のベーシックな色を決めるきっかけでした」

　家を建てる際、本棚のこと以外はデザイナーにお任せだったが、〝好きな色だけ教えてください〟とリクエストがあり、思いついたのが〝いちご色〟だった。

「赤は好きだったけれど赤もいろいろ、真っ赤は落ち着かないなと思って。少しくすんだ赤ならいい。くすんだ赤と言われても抽象的でわかりにくいでしょう。でもいちご色ならだれもが思い浮かべることが出来る。それに持病のアレルギーや喘息《ぜんそく》にいいと言われている珪藻《けいそう》土の壁をベースにする予定だったので、この赤は合うと思いました」

魔女の宅急便　全６巻
福音館書店（福音館創作童話シリーズ
1985年～2016年、福音館文庫2002年～13年）
新装版　魔女の宅急便　全６巻
KADOKAWA（角川文庫2015年）

作品から

魔女の宅急便

そもそもの始まりはここからだった。

「昭和二十八年頃、大学一年生だった私は一枚の写真に目が釘付けになりました。『LIFE』というアメリカの雑誌に、『鳥の眼で見たニューヨークの街』というモノクロ写真が掲載されていたんです。給水塔や、少し紫がかったようなレンガのビル。空から見る風景は、まるで自分が世界を抱えているような、またそこに物語が隠れているような気がしたんです」

それから二十数年後、十二歳になった娘さんが描いた魔女のイラストとニューヨークの街の写真が頭の中で重なった。

「ほうきに乗った魔女、というと普通だけれど、その絵ではほうきの柄にはラジオがかかっていて上には黒猫がちょんと乗っていたの。その瞬間、あのニューヨークの写真を思い出し、頭の中に一気に物語がなだれ込んできました。これを書けば、私は鳥の眼をもち、一緒に飛んでいる気持ちになれると思ったんです」

地上から少し上にあるファンタジーが好きだという。それはまったく架空の世界ではなく、あくまでも日々の暮しが垣《かい》間《ま》見られるものだという。娘さんが描いた魔女のイラストに

「あのー」

キキは思わず追いかけると、声をかけていました。

「あたしでよかったら、かわりにおとどけしましょうか」

おかみさんはふりかえると、二、三歩うしろにさがりました。

それからすばやく、キキの頭のてっぺんからつまさきまで見まわしました。

「あなた、おわかいおじょうさんなのに、黒いお洋服着て、それにほうき持って、煙突そうじ屋さん？」

「いえ、あの……じつはあたし……ついさっきこの町にきたばかりの、魔女なんです」

キキはおそるおそるいいました。

おかみさんは大いそぎでまたキキをながめました。


（『魔女の宅急便』本文中より抜粋）

THANK YOU
?!!
Kio Watanabe
'79. 11. 4.

12歳の娘さんが描いた魔女のイラストがこちら。これが角野栄子に魔法をかけてくれた。確かに月夜を飛ぶ魔女のほうきの柄にラジオが引っ掛けられていて、上にはジジとなる黒猫がちょんと座っているのがわかる。他にも、お茶目な魔女の姿がいっぱい。

いつのまにか集まってきた黒猫ジジのぬいぐるみはカゴに入れて階段に置いている。

宮崎駿監督により1989年に長編アニメ映画化、2014年には清水崇監督で実写版で映画化。右は1993～96年にかけて上演された、故蜷川幸雄氏演出のミュージカルのパンフレット。

あったラジオがまさしくそれだったのだ。

「福音館書店の冊子『母の友』に、小さい魔女のお話が一年間連載されて、その後単行本になりました。それが『魔女の宅急便』です」

一巻が発売されて少しすると、読者からの反響がびっくりするほどたくさん寄せられ、アニメーション映画にもなった。あっという間に『魔女の宅急便』という書名は知れ渡り、最後の六巻が出るまでに、二十四年の歳月が過ぎた。

「この物語の一番好きなところは、キキの最初の旅立ちのとき。心配する家族や村の人たちに対し『私は贈り物を開けるときのようにワクワクしているわ』と言うセリフ。これは私の性格そのもの。あまり深く考えず、いいことだけを考える。それは欠点でもあるんですけれど」

戦後、人々が自由と楽しみを求めていた時代に二十歳前後だった角野栄子は、さまざまなものを見聞きし、吸収していた。特にアメリカの映画や本にあるハッピーエンドは、気持ちがふわっとあたたかくなったし、ブラジル暮しからは、おおらかであっけらかんとした人たちの良さを知った。そのすべてが詰まっているのが、この物語なのだ。

今まで、原作がさまざまな国で
翻訳されてきた。スウェーデン、
イタリア、タイ、ベトナムなど。
中国では全集も発売された。

壁に絵を描きたーい

「小さいときから落書きが大好きでした。ろう石で道端にお店屋さんや家や、電信柱や道を描いたりして遊んでました。自分の家の壁にもそんな風に描いてみたくなって。でも少し描いたら、ひどく疲れて、それで、あらかじめ切ったコルクボードに絵を描いて壁にはってもらいました。天井や壁に直接描いたミケランジェロは大変だったでしょうね」

仕事部屋の入り口にはめ込まれた〝いたずら描き〟と呼んでいるコルクボードの壁絵には、読者の子供たちから贈られてきた手作りのマスコットや手紙なども大切に飾られ、まるで絵の一部のよう。

「絵の具を筆にちょんとつけては描き、またつけては描きを繰り返していると、勝手に手が動いてくるの。文章を書くときと同じ。頭の中で思っていることが手の先から動き出すの。絵は誰でも描けるもの。上手に描こうと思うから描けないだけ。恥ずかしいと思う気持ちがブレーキをかけてしまうのね。描きたい気持ちがあれば、とっても楽しい」

自分自身のために、特に構想することもなく雲や木、空、小川、小さな家と自由に描かれた壁画は、ここからがファンタジーの入り口ですよ、とささやいているかのようだ。角野栄子はその入り口から、見える世界と見えない世界を行ったり来たりしながら、日々、ペンを走らせている。

（右）仕事部屋の壁に描かれた木々が実をつけているように飾られているのは、読者である子供たちから送られてきた手紙や小さな人形など。（左、下）気が向いた時に少しずつ描いている絵は寝室にかける予定。筆の先にちょんと絵の具をつけながら手が動くままに、自由に描く。

パソコンで原稿を書くためのデスク前の棚には、著作、辞書、インク壺が並ぶ。

窓から光が差し込むデスクは、アイディアを書き留めたり、原稿を手書きするときに使う。サイドには文房具を入れる赤いワゴンが待機している。

黒革の手帳ご用心

「思いついたことをいろいろなところに書いてしまう癖があって。レストランではお箸《はし》の袋やコースターの裏とか。あとで見ようと、どこかにしまったのに見つからない。とってもいいこと書いたはずなのにと、思い出しながら書いてみても、そこにはもうライブ感がないんです。残念で、たまらない。それで、黒い革を手に入れて、いつでも持ち歩けるように、文庫の形の手帳を五十冊ほど作ってもらいました。いつでもバッグの中にあるので、どこでも取り出して、思いついたこと、絵だったり、詩だったり、誰かのつぶやきだったり、今夜のおかずだったり、なんでも気楽に書いています。私の全部が入っている、誰にも見せることのない自由な世界です。小さな手帳だけど、おかげで、正直になれたような気がします。秘密もいっぱい入っているしね。それで、私の『黒革の手帳』。ミステリーでしょ」

黒い革の手帳に加え、原稿の下書き用に、自宅では白地に赤い水玉と格子模様のノートも愛用。かつては名入りの原稿用紙を作ったこともあったが、自分の書くリズムと合わず、この無地のノートにしたという。「凝った作りのものだと、いいことを書きたくなるでしょう。何をさておいても、構えず自由に書けるものが一番。だからあえて線もマスもなし。白地と決めています」

(右上)骨董市で買ったり旅先で購入してきたインク壺。古いバカラのものも。(左上)自宅で原稿の下書きをするときは赤と白の水玉か格子のノートを使用。線がないので書きやすい、という。(下左右)出かけるときはこの黒い革の手帳を持って。アイディアやいたずら書きのメモとして使用。

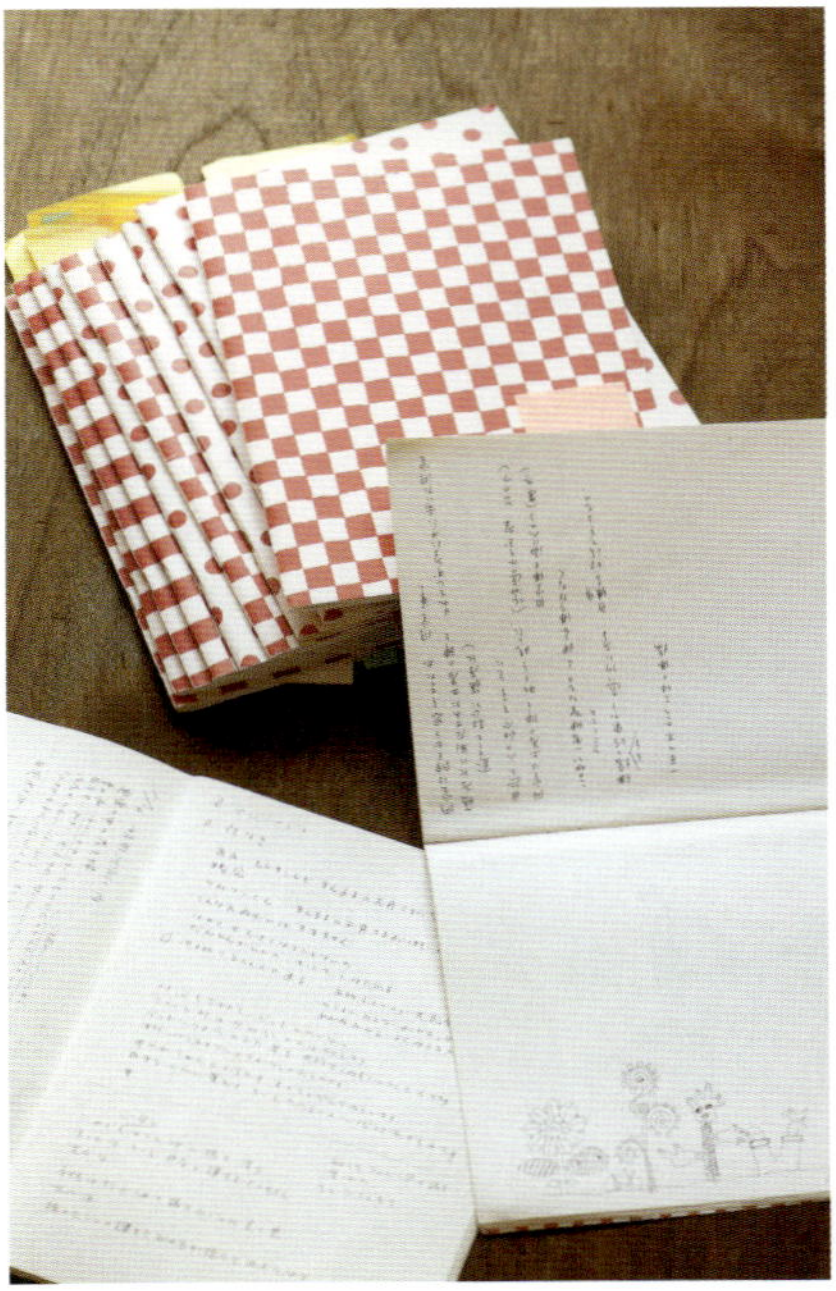

ちくま文庫
赤瀬川原平 編
まどさん
阪田寛夫
トゥルー・ストーリーズ
P・オースター
わらべうた
北越雪譜
中国民話集
アルハンブラ物語

ダンダン
ドンドン
なぜか靴が鳴る
湿度のせいか

集まっちゃった思い出

ポルトガルの旅、魔女を探す旅などで見つけた小さな人形やスノードーム、『ネッシーのおむこさん』という作品を執筆した後に旅したネス湖で出会ったガラス製のネッシー。友人からいただいた指人形や小さな時計、自分が描いた小さな絵を額装したもの……。二階のリビングに設《しつら》えたオープン棚は、階段を上がってきた踊り場からも、リビング側からも見えるガラス張りの造り。これは小さなものをたくさん持っているのを知って、デザイナーが考えてくれた。上下には扉付きの収納棚があり、本がぎっしりと収められている。

「この棚の掃除は、年に二回と決めているの。細かいので、大仕事なのよ。そのとき、こんなものもあったなぁと思い出したりしてね。フランスで見つけたケー

キに入れる小さな陶器人形や、イギリス製のハンプティダンプティ、なかにはペプシがスター・ウォーズのキャンペーンをしたときのフタなんかもあるし、それから娘が小さい時につくった人形も。高価なものはなにもないけれど、ものには思い出や物語があって、一つ一つとっても大切。もう亡くなってしまった方からいただいたものもあるわね。生まれも育ちも違う小さなものたちだけど、見ていると、出会った時の風景が浮かんできて、過ぎたその時に戻れる。それに『お天道様に申し訳ない』って気持ちもあってね、捨てられない。これは父がよく言っていた言葉なので、すり込まれちゃったのね。だから小さなものは、みんなここにちょんと飾ってしまう。もう定員オーバー。ラッシュアワーです」

玄関先のサプライズ

玄関を開けるとすぐ目に飛び込んでくる小さなチェストと子供用のイス。チェストの上の部分は赤い帽子をかぶった顔、なんともユーモラス。「これは福岡でブックカーニバルがあった時出会った、家具の会社・広松木工とデザイナーの渡辺優さんが企画製作した、子供の家具なんです。ちょっとお茶目でしょ。それで玄関先に置いて、引き出しにはスカーフやハンカチ、帽子なんかを入れています。出がけにさっと選べるので重宝してます。目と口はマグネットになっているので、その日の気分で笑顔にしたり、ちょっと困った顔にしたりして……。ハンカチを忘れた！ スカーフを替えたい！ あーあ時間がない！ なんて時、手をのばして、すぐ取り出せるからとっても便利なの。それに、なによりお客さんが来たときのサプライズになっているのが、楽しくって」

庭仕事
あーあ、草たちよ

季節の可憐な花が咲く庭。仕事の合間に外に出ては、水をやったり、草花の様子を見ながら、気分転換することも。

「広い庭のまんなかに、リンゴの木を一本、それだけ。これが夢に描いていた私の庭だったのだけど、越してきた鎌倉では、リンゴは気候的に難しいとわかり、庭は文字通り、猫の額ほど。夢ははかなく消えてしまった。それでリンゴがダメならみかんと、甘夏の苗木を二本植えたら、あっという間に大きくなって、去年は百個近くも収穫、毎朝しぼって飲み切りました。身が縮まるほどすっぱいの。うれしくなってブラッディオレンジの苗木も植えてしまった。私は実のなるものが好きなんです。幼い頃育った家には、いちじく、柿、栗の木などがあって、木に登って、食べたり、落としたり。お転婆が楽しかった。戦時中、食糧が乏しかったとき農家の庭先で光っていた柿の実を見てうらやましくってね、切なかった。だから、花より団子です」

甘夏の木たちに、金柑《きんかん》も加わった。あとは手をかけなくてもよさそうな多年草を、残りの場所に、それも色とりどりではなく、白、黄色、薄いピンク、紫と色をなるべく決めて植えることにしているのだという。静かな庭がいい、歳のせいかしら、と笑った。

「特別、庭仕事が好きというわけではないけれど、一日一回、庭に出て、緑を見るのは気持ちがいい。でも草って呆《あき》れるほど元気。とってもとっても、あっという間に草だらけになってしまうのよね」

鎌倉は歩く街

東京の下町で生まれ育った角野栄子は、戦時中を除いてずっと東京で暮してきた。一時、自分の仕事場を山の中にしたとき、自分は山より海の方が向いている、ということに気がついたという。そして、海に近い鎌倉に越してきたのは、二〇〇一年のことだった。

「クルマが通ることのない小さな道や、あみだくじのように広がる路地がうれしくて、引っ越してきた当初は、ここはどうかしら？　こっちは？と、細い道を見つけてはあちこち散歩していました。意外なところへ抜け出たり、行き止まりになったりするのがおもしろくて、路地を見つけてはワクワク。そういうところは何歳《いくつ》になっても変わらない。子供の頃、まいごになる遊びなんてやったのを思い出すわ。冒険が好きなのね。街は足で確かめることにしてます。日常を支えてくれる個人商店がまだまだしっかり健在なのも鎌倉の良さね。程よい大きさのスーパーもいくつかあるし。歴史のある神社やお寺、それを包み込むように海と山があって、空はいつも大きく広がっていて気持ちがいい。鎌倉文学館の庭から見る海は抜群よ。東京へは電車で一時間なのに、風がさわやかで気持ちのいいところです。人と人とが近いのもこの街の特徴ね。すぐに、笑顔と会話が生まれる。街と自然、人とお店とか、生きていくためのバランスがちょうどいい。鎌倉は生き心地がいいところだと思うわ」

二輪・自転車
を除く

(右上)どこへ行くにも必ず通る町角の青果店・浜勇さんは頼りになるお店。(下)ディモンシュのマスター堀内さんの淹れるコーヒーは格別のおいしさ。(右下)ビーチコーミングしたガラスや陶器のかけらはビンに入れておく。

「私が一番好きな路地」、と教えてくれた住宅街の小さな路地。向こうには江ノ電の踏切が見えるのどかなところ。

夕方仕事を終え、ぶらぶらと街を散歩するときは、ふと浮かんだことをメモしたりいたずら書きをする手帳を持っていく。そして、海の近くのベンチでゆったりと過ごす。ときどきは運動がてら砂の上を歩き、気が向いたときにはビーチコーミングも。好きなチーズがあるスーパーや、おいしい『鎌倉やきとり 秀吉』をのぞくのも楽しみの一つ。東京での仕事の帰り道、おそくまで開いている、昔ながらの青果店『浜勇商店』で、その日食べる季節の野菜を少しだけ買い足したりする。

「よく行くレストランは家に近いフレンチビストロの『パパノエル』。おいしいし、居心地がいいの。小町の『カフェ・ヴィヴモン・ディモンシュ』でコーヒーを一杯。懐かしいブラジルの空気を味わう。御成通りの『リミィニ』というセレクトショップの店主のセンスは抜群。アクセサリーが個性的で、私の好みなの。洋服は生地を買って友人に仕立ててもらってるので、散歩がてら『スワニー』という生地屋さんに行って、気に入ったものを探したりします。わざわざ遠くへ出かけなくても、この街でほとんどのことは、用が足ります」

海を散歩した後は、コーヒーを飲んで出会ったものを買って帰る。小さな街の中に、自分の身の丈に合った暮しを支えてくれる。角野栄子にとって鎌倉は、そんな街なのだ。

寝室の観音様

東京・新井薬師の近くに住んでいた頃、時間を見つけては月に一回催される骨董《こっとう》市に出かけていた。そこでふと目が合ったのが、この観音様だった。

「いつもどおりぶらりと骨董市に出かけたとき、器やら漆器やらが並ぶなか、この観音様がちょこんと立っていらしたの。手のひらにちょうど収まる大きさの観音様を見ていたら、友人が病気の時、ちいさな木彫りの観音様を握っていたのを思い出して、私にもお守りがあったらいいなって思って購入しました。だからあまり宗教と関係ないの。でもそれ以来、長い旅行に行く時は、バッグに入れて、ご一緒してました。小さな厨子《ずし》を別の場所で購入してからは、ベッドサイドに置いて見守っていただいてます。いつも、仕事のこと、家のこと、自分のことなどをこの観音様にお願いするのだけど、なぜか最後は〝お父さん助けて〟ってなってしまうのよ。ちょっと父に似ているからかしら」

私の一日

82歳、角野栄子の朝起きてから夜寝るまでの
ある日のスケジュール。
本人の手書きで紹介。

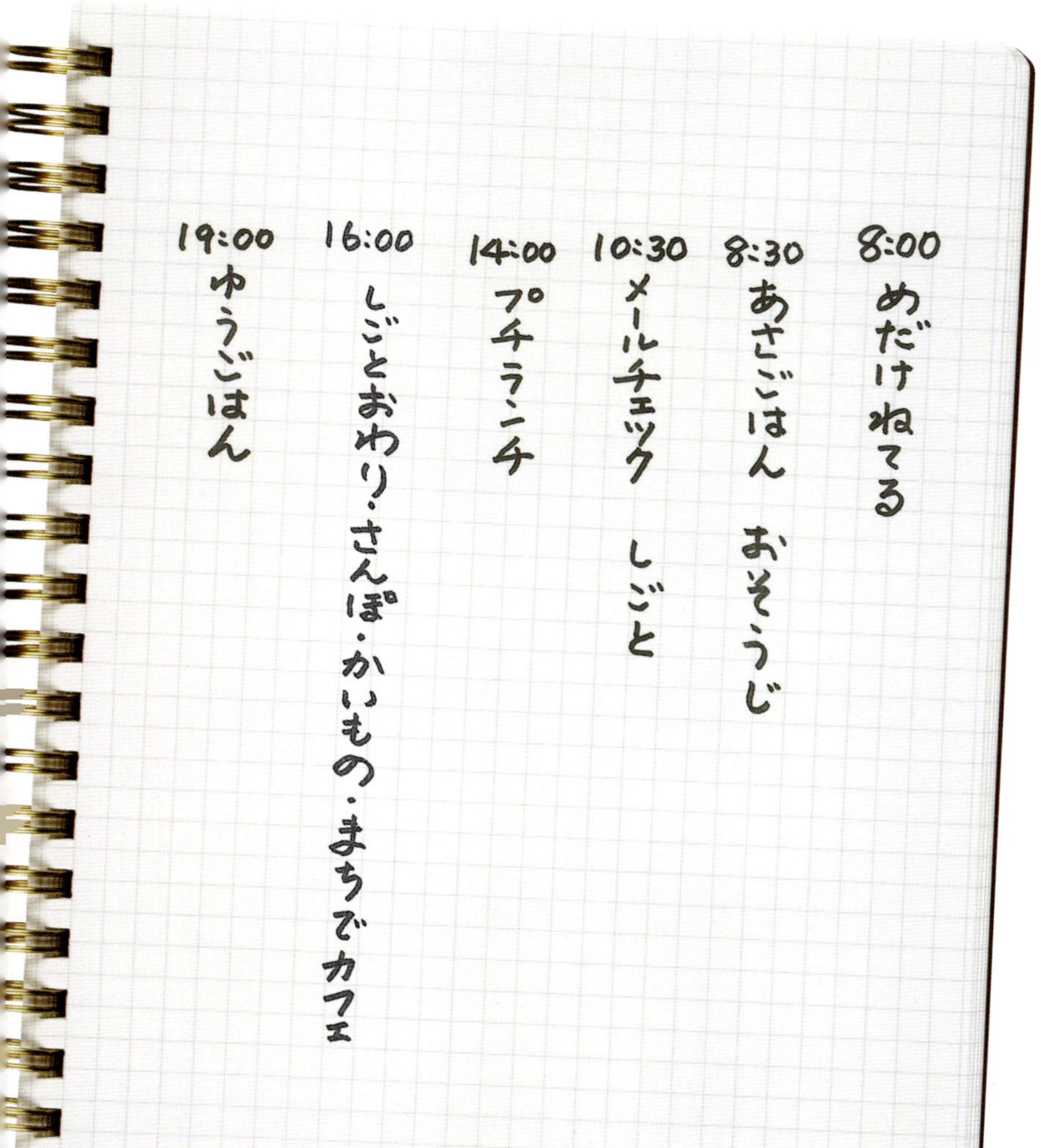

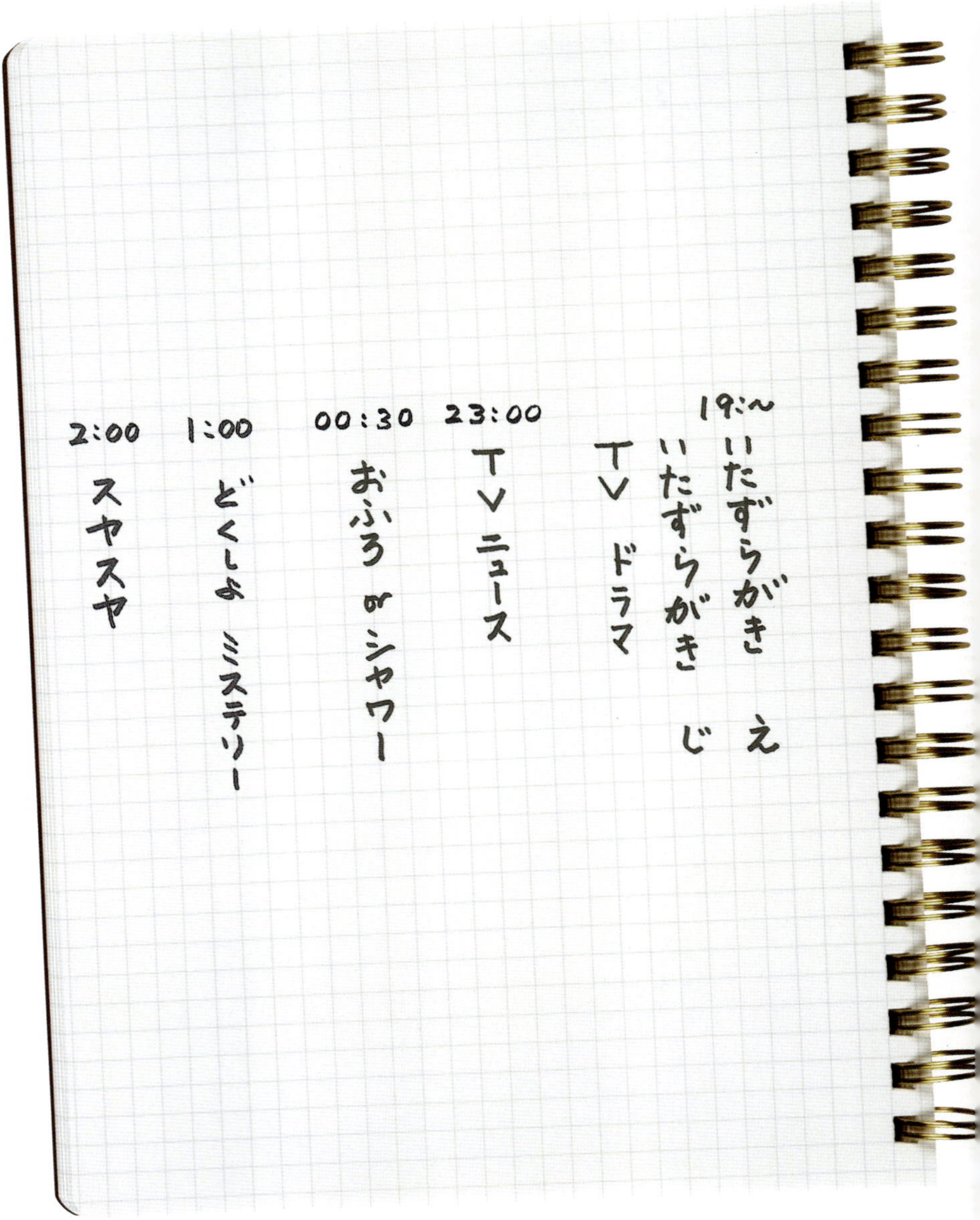
19:～
いたずらがき　え
いたずらがき　じ
TV　ドラマ
23:00
TV　ニュース
00:30
おふろ　or　シャワー
1:00
どくしょ　ミステリー
2:00
スヤスヤ

ぞうさんばばーる
おそばのくきはなぜあかい
サリーのこけももつみ
まりーちゃんとひつじ
赤ずきん
こねこのおひげちゃん
せんろはつづくよ
ものぐさトミー
スザンナのお人形 ビロードうさぎ
おふろばをそらいろにぬりたいな
おつきさん どうしたの
もりのおばあさん
みんなの世界
アルプスのきょうだい
どうぶつのこどもたち
にいさんといもうと
山のクリスマス
まいごになったおにんぎょう
まいごのふたご
やまのたけちゃん
あなはほるもの おっこちるとこ
ふわふわくんとアルフレッド
おそばのくきはなぜあかい
ぞうさんレレブム
ふわふわくんとアルフレッド
おさらをあらわなかったおじさん
アルプスのきょうだい
ナマリの兵隊
せんろはつづくよ
ききみみずきん
うさぎとおんどりときつね
もりのおばあさん
あなはほるもの おっこちるとこ
アイスクリーム かんながかんなをつくったはなし
元気なポケット人形
岩波の子どもの本
魔法使いのチョコレート・ケーキ
Margaret Mahy Story Book
マーガレット・マーヒー 作
石井桃子 訳
アフリカの日々
アイザック・ディネーセン
晶文社
地下鉄少年スレイク
フェリス・ホルマン著
遠藤育枝訳
PLAYBOY BOOKS
Dr.ヘリオットのおかしな体験
ジェイムズ・ヘリオット
池澤夏樹・訳
集英社
James Herriot's Favourite DOG Stories
ドクター・ヘリオットの犬物語
ジェイムズ・ヘリオット
大熊栄・訳
涙と笑いの犬のお話
集英社
James Herriot's CAT Stories
ドクター・ヘリオットの猫物語
ジェイムズ・ヘリオット
大熊栄・訳
涙と笑いの猫のお話
集英社
鳥とけものと親類たち
ジェラルド・ダレル
池沢夏樹訳
集英社
ロザムンドおばさんの贈り物
ロザムンド・ピルチャー
晶文社
ヴァン・ゴッホ・カフェ
ライラント 中村妙子・訳
偕成社
ゾマーさんのこと
パトリック・ジュースキント
ジャン・ジャック・サンペ 絵
池内紀 訳
おじいさんの思い出
トルーマン・カポーティ
村上春樹・訳 山本容子・銅版画
未発表作品
あるクリスマス
トルーマン・カポーティ
村上春樹・訳 山本容子・銅版画
最後の佳品
21
文学のおくりもの
ズボンをはいたロバ
アンリ・ボスコ
晶文社
1
文学のおくりもの
たんぽぽのお酒
レイ・ブラッドベリ
2
文学のおくりもの
まっぷたつの子爵
イタロ・カルヴィーノ

エリーちゃんのクリスマス
名馬キャリコ
岩波書店
マーガレット・W・ブラウン
ぼく にげちゃうよ
どうぶつえんのピクニック
岩波の子どもの本
すにっぴいとすなっぴい
へんなどうぶつ
川はながれる
せっけん つけて ぶくぶく ぷわー
福音館書店
このゆきだるま だーれ?
福音館書店
はりねずみの はりこ
福音館書店
マチルダ・マウス あたらしい せかいへ
H・S・ブキャナン さく
評論社
ジョージ・マウス はじめての ぼうけん
H・S・ブキャナン さく
評論社
マチルダ・マウスの すてきな おうち
評論社
ジョージ・マウスの かぞくりょこう
H・S・ブキャナン さく
評論社
ちいさなふなのりのぼうけん
ブルーナ
講談社
DICK BRUNA
DE KONING
MERCIS
りんごちゃん
ブルーナ
講談社
ブルーナ
石井桃子 訳
どこへ いってた?
さく M・W・ブラウン
童話館出版
ブライト
あかい かさ
ほるぷ出版
ポプラ社
ねずみ花火
みつけたぞ ぼくのにじ
ふしぎなたいこ
やまのこどもたち
ふしぎなバイオリン
ねずみとおうさま
海のおばけオーリー
はなのすきなうし
ちいさいおうち
きかんしゃやえもん
はなのすきなうし
めぐりめぐる月
WALK TWO MOONS
シャロン・クリーチ
講談社
北岸通りの骨董屋
メニム一家の物語
きわめてイングランド的な想像の世界!!
Very English
講談社
屋敷の中のとらわれびと
メニム一家の物語
きわめてイングランド的な想像の世界!!
Very English
講談社
荒野のコーマス屋敷
メニム一家の物語
シルヴィア・ウォー 作
こだまともこ 訳
講談社
丘の上の牧師館
メニム一家の物語
きわめてイングランド的な想像の世界!!
Very English
講談社
ブロックルハースト・グローブの謎の屋敷
メニム一家の物語
シルヴィア・ウォー 作
こだまともこ 訳
講談社
少年時代 上
Boy's Life
ロバート・R・マキャモン
二宮磐 訳
魔法に彩られた一九六四年のトム・ソーヤー
文藝春秋
少年時代 下
Boy's Life
ロバート・R・マキャモン
二宮磐 訳
面白く胸にせまる、と名作の呼び声
文藝春秋
プー横丁
A・A・ミルン著
石井桃子訳
ぶたのモモコはバレリーナ
作 森山京 絵 黒井健
小峰書店
村山籌子作品集 1
リボンと きつねと ゴムまりと 月
絵・村山知義
JULA
800番への旅
E・L・カニグズバーグ 作
岡本浜江 訳
佑学社
BEST BOOKS
ぼくらのジャングル街
タウンゼンド作
亀山龍樹訳
学研

2
かんたん　食いしんん坊

庭になっているみかんをしぼり
ジュースにすることから始まる朝
長年作り続けている
日々の台所仕事で得た智恵《ちえ》から生まれた
十八番メニューとそのレシピは、
かんたんでおいしいと評判
八十二歳になり、
日々のごはんがどう変わってきたのか、
料理の手順、食べることの楽しさについて

庭のみかんのしぼりたておーすっぱい！

すっぱいくらいが朝の一杯にちょうどいい、と慣れた手つきでギュッギュッと軽快にしぼっていく。

「数年前、庭に甘夏の木を植えました。前にも話したけれど、本当は庭にリンゴの木を一本だけが夢だったのだけど、庭の大きさを考えたら甘夏がちょうどよさそうで、それに、鎌倉にはみかんの木を植えている家がたくさんあって、どれも見事に実をつけていたから、これもいいなあと思ったの。予想通り、あっという間に大きくなって実がなるようになってね、でも、どれもすっぱくてねぇ。それで庭になったものは観賞用と割り切って、甘いみかんを買ったりしていたの。でも、大きくたっぷりとした実がかわいそうになってね、しぼってジュースにして飲んでみたらすっぱいことに変わりはないけれど、朝飲むにはこのすっぱさが体をシャキッとさせてくれて、かえっておいしいなと思ったんです。しかも家でなったものを毎朝いただけるなんて、なんだか得した気分じゃない？」

甘夏が黄色く色づき始めたら、収穫し段ボールに入れて追熟させて使う。皮を捨てるのがもったいないと思い、以前はマーマレードを作ってみたりしたこともあったけれど、二個分作れば多すぎるほどなので、ほとんどジュースかドレッシングのみに使用。毎朝一個の無農薬ジュースや、果汁を加えるドレッシングなど、甘夏使いは角野家の定番になった。活力の元は朝のしぼりたてジュースにあり、なのだ。

蝶や鳥や童、またチェック柄もお気に入りの器たち。

白い食器を最小限 藍色の食器を彩りに

「私は瀬戸物と布が好き。私に限らず、女性ってどうしてかこの手のものが好きですよね。この器は新井薬師に住んでいたとき、骨董市が立つたびに見に行って少しずつ買い集めてきたものです。行けばひとつくらいは、つい買ってしまうでしょう。気づいたときには結構な数になっていたの。鎌倉に越してくる際に、ずいぶんと人にあげてしまったけれどね。私は気軽で味のある藍《あい》の印判が好み。古伊万里《こいまり》はもちろん素敵だけど、お値段もいいからなかなか買えないじゃない。印判は、だいたいが明治の頃、雑器と呼ばれていたものだと思いますよ。いまはずいぶんといいお値段になっているようですが、私が買っていた頃は、今よりずっと安かった。だから楽しみながら手にすることができたのです。しかもこれが思いのほか、白い食器のアクセントにもなっていいの。もともと藍が好きだったけれど、もっと好きになったきっかけは、ポルトガルを旅したときに青色が美しい伝統的タイル、アズレージョに出会ったことでした。そこからさらに藍にはまっていったわね。それ以外では、自分で絵付けしたものも大事に使っています。多治見《たじみ》に講演に出かけた際、陶芸美術館で絵付けした大皿や、思いついた言葉と動物の絵を描いた湯《ゆ》呑《の》み茶碗も手元に五、六個あります」

藍に合わせる白の食器は、ほとんどが無印良品の白のもの。食洗機に

(上)鹿が描かれた角皿と、老人と山、蝙蝠の取り皿。(下)山形県尾花沢で、自ら手描きした湯呑み。「ふとったへび、やせたぞう」など、言葉もおもしろい。今も愛用中。

(上)一目惚れして購入したティーセット。(下)岐阜県現代陶芸美術館でも大皿に手描き。

も使えるし、割ってしまってもほぼ同じ形のものがすぐに揃えられるのも、便利でいいという。白と藍、昔と今を組み合わせるようにして、食器を選ぶのだ。

料理は素材と手抜き

定番鍋3つ。料理が楽しくなるダンスクの赤い鍋。片手鍋はジジのイラスト入り。フィスラーの鍋は万能で使いやすい。

「最近、食べることで重きを置いているのは、なるべくいい素材や調味料を使うこと。三食同じ時間に、家族揃ってが、子供の頃からの習慣だったし、戦時中の食糧難の体験もあったからか、旅に出た時や打ち合わせが続く日は、どこでどうやって食事の時間をとろうか、これには意外と気を遣います。ちゃんとした時間に、ちゃんと食べる、これは私の体に染み付いた習慣になっています。歳を取ってもそれは抜けませんね。といってもおいしいものは食べたいわけで、季節の素材やいい調味料に気を遣うようになりました。しょうゆや味噌《みそ》、塩などの基本調味料は昔ながらのものを。それだけでそんなに手をかけなくてもおいしくなりますから。野菜は、余れば煮浸しにしたり、きんぴらにしたり、きのこ類は酢漬けにしたりして、いつでも食べられるようにしてます。夏の間はキュウリを乱切りにして、しょうゆ、酢、こしょう、ごま油に浸けておくとおいしい。こんなかんたん料理を作るのは、すきまの時間の楽しみです。そばで口を開けて待っている小さな子がいた頃は、手をかけ、張り切って作っていたけれど、今はそれよりもできるだけシンプルに、おいしくです。得意料理!?　そうね、『かんたんたんたん料理』かな」

季節の素材を食べることやいい調味料を使うことに加え、毎日のごはんは残さないように食べ切れる分くらいを作るのも、日々の食事の心が

角野栄子の、かんたん、おいしい十八番料理。パパッと作ってさっとテーブルセッティング。さすがの手慣れた感。

け。前日と同じものはなるべく避けたい。基本はその日食べる分だけ。適量に収めることで無駄をなくすこともできる。でもスープのように多めに仕込んだ方がおいしいものは、冷蔵庫にある野菜を使って、大きめの鍋で作り、あまったら、ミキサーにかけてから小分けにし、冷凍保存をする。それをカレーに変えてしまったり、ホワイトシチューやビシソワーズにする技は、長いこと主婦と仕事を両立してきたなかから生まれた。味が決まらなかったらバターを落とすと案外うまくいく。残った唐揚げを小さく切ってサラダに加えるとボリュームアップできる。同じサラダを作るにも、歯あたりが違う野菜を合わせると食べ応《ごた》えが出る。干物は一気に焼いてほぐしておけば、ごはんにのせたり、パンにはさんだりアレンジしやすい。古漬けは刻んで餃子《ギョーザ》の餡《あん》に忍ばせると、思いの外いい味になる。半端に残った野菜は刻んで塩をしておけばサンドイッチにはさんだりするときに便利……、などなど次から次へとかんたんな料理のアイディアがあふれ出る。おいしいごはんの智恵は歳を重ねるごとに増えていっている様子だ。

「ま、手抜きね。でもよく言えば時間の有効利用」

アーリオ オーリオ(ブラジル仕込み)

材料(2人分)
とりもも肉…2枚
にんにく…2片
オリーブオイル…適量
塩　黒こしょう

作り方
❶　とり肉は厚みのあるところを開き、全体に浅く切り込みを入れる(皮目にも)。半分に切り、両面に軽く塩、こしょうする。
❷　にんにくは薄切りにする。フライパンにオリーブオイル適量を熱し、にんにくを入れて揚げ焼きにする。いい香りがしてうっすら色づいたら引き上げる。
❸　②のフライパンに①を皮目から並べ入れ、焼く。皮目にカリッと香ばしい焼き目がついたら返し、ふたをしてもう片面を焼きつつ、中まで火を通す。
❹　皿に③を盛り、②をのせる。

ジンジャーチャーハン

材料(2～3人分)
新しょうが…350g(ご飯の1/3量くらい)
炊きたてご飯…茶碗3杯分
白いりごま…適量
油　しょうゆ

作り方
❶　新しょうがはたわしでよく洗い、皮の汚いところをむく。適当な大きさに切り、フードプロセッサーで米粒くらいの小さなみじん切りにする。なければ包丁でできるだけ細かく刻む。
❷　①をざるにとり、ざっと水を通す。
❸　フライパンに油適量を熱し、①を加えて炒める。油がまわったらご飯を加え、さらに炒め合わせる。ご飯が香ばしく炒まってきたら鍋肌からしょうゆをひとまわしし、ごまを加えてざっと炒め合わせる。
*しょうがとしょうゆの量はお好みで。

なんでもドレッシング

材料(作りやすい分量)

きゅうり…1本
トマト…2個
セロリ…1/4本
玉ねぎ…1/2個
レモン汁…だいたい1個分
オリーブオイル…適量
塩　黒こしょう

作り方

❶　きゅうりは縦4等分に切ってから1cm幅に切る。トマトも1cm角に切り、汁けをしっかり絞る。セロリは筋を取り、同じく1cm角。玉ねぎも同様。

❷　ボウルまたは密閉容器に①を入れ、塩、こしょう各適量とレモン汁、オリーブオイルをたっぷりめに加え、混ぜ合わせる。そのまま冷蔵庫で30分ほどおいてなじませる。味見してすっぱいようなら好みで砂糖を少々加える。

＊ソテーした豚肉やとり肉、サラダなどにたっぷりかけて。

キャベツだけのサラダ

材料(2～3人分)

キャベツ…4～5枚
かつおぶし…適量
焼きのりまたは韓国のり…1枚
しょうゆ　ごま油

作り方

❶　キャベツは繊維を断ち切るように、手で一口大にちぎる。

❷　器に盛り、かつおぶしをふる。のりを適当な大きさにちぎってのせ、しょうゆとたっぷりめのごま油をまわしかける。

❸　よく混ぜてから食べる。

ないないのときのジュース

材料(1人分)

バルサミコ酢、水または炭酸水、氷、はちみつ…各適量

作り方

❶　グラスに氷を入れ、バルサミコ酢を適量入れ、水または炭酸水を注ぐ。

❷　よくかき混ぜて飲む。すっぱすぎるようだったらはちみつを加えても。

作品から

小さなおばけシリーズ

アッチ　コッチ　ソッチ

ポプラ社
（小さなおばけシリーズ全 36 巻 1979 年〜）

ある日、娘さんが口にした「あっち　こっち　そっち」という言葉から一九七九年に誕生した、小さなおばけシリーズ。

高級レストランの屋根裏部屋に住む、料理上手なおばけの男の子アッチが、仲良しのエッチちゃん、のらねこのボンとともに繰り広げるのは、スパゲッティやカレーライス、エビフライなどのおいしい物語だ。

「雑誌に代打で寄稿することになり、そのとき書いた話が、この小さなおばけシリーズのきっかけというか、前身になったものです。食べることが好きだったから、自然とそういう方向になったんだと思いますけれど、まさか三十六巻まで続き、こんなにも長くみなさんに読んでいただくものになろうとは。小さい頃に読んでいたものを自分の子供にも、という読者がこのシリーズにはついているのです。食べることは、生きること。欠かせないことですから、一番親しみやすいということかしらね」

『のらねこスープ』『からいからいカレーライスの歌』など、出てくる名称やオノマトペのおもしろさに、角野栄子の食いしん坊でお茶目な部分がよく出ているシリーズ。

アッチは、おいしいものが　だいすきな、
小さな　おばけの　男の子です。
アッチの　家は、町いちばんの　こうきゅうレストランの　やねうら。
ちゃっかり、おいしいものの　そばで　くらしていると　いうわけなのです。
アッチは　夜に　なると、やねうらから　ふうーっと　下の　レストランへ
とびだして　いきます。
すがたを　けして　ドアを　ばたんと　けとばしたり、
ウェイトレスの　手から　おさらを　たたきおとしたり、
ナイフや　フォークを　かくしたり、みんなが　おどろいた
すきに、ふふふと　わらって、
ごちそうの　いちばん　おいしいところだけ
よこどりして　しまうのです。

（『スパゲッティがたべたいよう』本文中より抜粋）

小さなおばけ“アッチ”をはじめ、読者の子供たちから送られてきた手紙やキーホルダーなど、手作りの小物。どれも大切に保管されている。

あまから好み（昭和の味）

おやつの時間が大好き、という。原稿を書いているとき、ノートに構想をつらつらと書き留めているとき、講演が終わった後など、ホッと一息つく際のおやつは、和の甘いものとお煎餅《せんべい》。

「とにかくあんこが大好きなの。好きが高じて自分で小豆を煮ておくほど。それを少しずつ、砂糖やはちみつをかけてそのまま食べたり、トーストにのせたりしていただきます。小豆を煮るときは塩をちょびっと。豆の味が引き立っておいしくなる。これ以外にも近所の和菓子屋さんで、きんつばやあんこのお菓子はよく買いますね。あとはお煎餅。昔、家でよく作ってもらった揚げ餅のようなお煎餅が大好き。最近は、もち米と植物油、それに塩だけといった昔ながらのおかきが気に入っているの」

どちらかというと、和風のおやつの方が好き。最近ハマっているおかきは、袋を開けると全部食べてしまうほどおいしいので、少しずつお皿にのせて食べるようにしているという。お煎餅とあんこがテーマになった物語が出版される日も近いかもしれない。

3 おしゃれは大好き

カラフルなメガネに白髪
ビビッドなカラーのワンピース
キャンディみたいにキュートなリング
大ぶりのネックレス
組み合わせの妙は、
今も昔も変わらない
角野栄子のおしゃれ

基本はメガネと白髪

髪が白くなるにつれて、自然と身につけるものが鮮やかな色になっていった。それまではおしゃれといえば、洋服が中心だったのに、一転カラフルなフレームのメガネに変わってしまった。

「『今日は何を着ようかな』というときは、まず、その日にかけるメガネを決めてから考える。小さなものだけど、とっても大切な存在なの。それは仕事で出かけるときも、家にいるときも同じね。色をあわせることには、相当こだわってしまいますね。あとはお天気にあわせて着るものを選ぶことが多い。お店でいいなと思う洋服を見つけたときや、好みの生地を探すときも、まず考えるのは自分の持っているメガネのこと。この洋服ならあのメガネがあいそう、とか。洋服は気に入ったのに、手持ちのメガネにはあわないなと思うときは、泣く泣く諦《あきら》めたりしますね。メガネはもう十数年も前から原宿にある『リュネット・ジュラ』というお店のものを使っていて。度があわなくなったらレンズをかえて、二十ぐらいあるかしら、メガネ大尽です。いささか流行遅れになっても、構わず使っています。実はメガネって、洋服やアクセサリーよりずっと高価なので、買うときは吟味して、『エイ、ヤア』って、清水の舞台から飛び降りる心地よ。でもね、自分が思っている以上に、メガネが醸し出す人の印象って大きいから、とても大事なの」

特に気に入っているという、
オレンジと赤のフレーム。こんなふうにほとんどのメガネがとてもカラフル。

愛用のメガネはこのケースにずらりと収まって、出番がやって来るのを今か今かと待っている。

アクセサリーとメガネだけでこんなに印象って変わるのよ、とお茶目に披露してくれる。

メガネによって同じ洋服でも印象がガラリと変わる。中心となるアイテムがあると、それにそって服装が決まりやすく、迷いがなくていい。ごくたまに迷うことがあったりしても、それならメガネをこっちにしよう、となり、結論が出やすい。色や形の変わったのを取り揃えられたメガネ。自分らしい表現の軸となるアイテムがあれば、洋服もアクセサリーも買う方向が決まって、たくさん買わずに済むし、全体のトーンや気分を気軽に変えることができるのでとても便利なのだという。

どこまでも歩ける靴

洋服に関しては、鮮やかでパキッとした色合いのものを好んで着ている。でも、靴はおおかた黒。夏用に白かグレー。つま先は丸く、かかとは低いものがほとんどだ。

「私は基本どこへでも歩いて出かけるので、靴が合わないと気になって仕方ない。特に旅先では自分に合った靴でないと、それだけで楽しみが半減してしまいますね。作家の須賀敦子《すがあつこ》さんの著書『ユルスナールの靴』に『きっちり足に合った靴さえあれば、どこまでも歩いていけるはずだ』という一文があるけれど、まさにその通りだと思う。だから靴は、とにかく自分の足にきっちり合った、はき心地のいいもの、これは絶対条件です。気に入ってはき続けているのは、鎌倉にある『鎌倉靴コマヤ』というお店のもの。洋服から一転、地味めです。でも一足だけ赤のハーフブーツを持っています。黒の洋服に、赤いイヤリングと合わせてはきます」

ワンピースは同じ形色と柄で差別化

鎌倉の御成通りにかつてあった生地屋さんで購入した布で仕立てたお気に入りのワンピースに、白の大ぶりなアクセサリーを合わせて。

「どこに出かけるにもワンピースはラクチンで便利。旅行のときなど、荷物にならないので、よく着るようになったけれど、自分の体に合う、気に入ったものにはなかなか出会えなくて。それでいつの頃からか、娘の友人・山口教枝さんに生地を渡して仕立ててもらうようになったんです。綺麗《きれい》な仕立てで、軽く作ってくれるので助かっています」

持ち合わせている色鮮やかなメガネや、アメ玉のようにかわいらしいアクセサリー類に合うワンピースを見つけるのは、なかなかどうして、思っている以上に至難の業。柄や色が気に入っても、体にフィットするものは少ない。だったら自分で好きな生地を選び、体に合うように仕立ててもらえばいいと思いついた。

「首回りが詰まりすぎているのは疲れるし、かといってゆったりしすぎると、この辺りは、もろに年齢が見えてしまう。それを微妙に隠して、楽な形にしたいと思うと、そのバランスが案外難しい。襟ぐりの好みは人それぞれですからね。私の場合は、このくらいのラインっていうのが決まっている。いいと思ったら、ずっと変えない。あとは少し肩が張っている方なので窮屈にならないように、かといってだらしなく見えないラインにしてもらっています。丈は大体膝下《ひざした》十センチ前後にして生地によって少しずつ変化をつけてもらう。同じデザインで同じように仕立て

インターネットで古い生
地を探していた時に偶然
出会ったマリメッコの
布。スモーキーカラーの
リンゴ柄。

新緑のような優しいグリ
ーンカラーのワンピース
は、何にでも合わせやす
く、出番の多い一枚。

いつもの形より両サイド
が少しふわっとしたワン
ピース。生地はふんわり
柔らかめ。

サーモンピンクは顔色を
よく見せてくれる。無地
なので思い切ったメガネ
やアクセサリーを合わせ
やすい。

よく見ると黒い鹿がずらりとプリントされているお茶目な柄のもの。こちらもふんわりとした形。

スウェーデンのアンティーク生地。共布でベルトも作って印象を少しだけ変えてみた。

ピンクと紫の花柄。軽くて、しわにならないので、旅には最適。

水玉が好き。白×黒を始め、黒×グレーなど、玉の大きさやカラーの違いで、水玉を楽しんでいる。

ピンクや赤に加えて多いのが
グリーンをベースにしたワン
ピース。中でもお気に入りは、
この大ぶりの花がプリントさ
れたシックにまとまる一着。

（右）赤やピンクのバラプリント。ノスタルジックなワンピースは、近所のアンティーク市で一目惚れして購入。（左）OLLEBOREBLAというブランドのブタさん柄ニットは小さな読者に会うときに着用している。

てもらっても、柄や生地の質感によって、着てみると違うもののように見えるのは不思議。しかもアクセサリーやメガネによっても、驚くほど感じが変わるので、コーディネートを考えるのが楽しくなりましたよ。子供の頃よく着たせいか、水玉模様が好きなので、よく手に取るんですが、同じ水玉でも玉のサイズや色の合わせ方でまったく印象が変わるんですね。これは他の柄でも同じだけど。仕立ててもらうのは、そこですぐ試着ができないので、ちょっとした冒険です。生地選びは、時間をかけ慎重に、それも楽しい」

　生地のほとんどは、散歩の途中にふらりと寄れる近所の『スワニー』で購入する。だいたい一メートル千円前後くらいだから、生地代と仕立て代を合わせても一万円ほどでできるのがありがたいところ。たまには気に入った既製品を買うことも。いくつになってもおしゃれする気持ちを忘れずにいたいし、楽しみながら日々のワードローブを考えたい。絵を描くときに次に描くものやその色が自然と決まるように、文章を綴《つづ》るとき言葉があふれてくるように、角野栄子の日々のおしゃれがスルスルと魔法がかかったように素敵にキマるのは、こんな秘密があるからなんだろう。

バッグは横がけ靴と同色

カラフルな洋服とアクセサリーに対し、バッグ類はシックな色合いのものがほとんどだという。歩いているときに両手が空いていると便利という理由で、斜めがけのショルダーというのが、バッグスタイルの定番である。

「カーキやモスグリーン、グレーなど落ち着いた配色のショルダーバッグは、パリの『BRONTIBAYPARIS』というブランドのもの。この歳になるとバッグが重いととてもつらい。これはナイロン製で軽いからいいの。紐《ひも》は何色かあって、洋服に合わせて色を選べる。肩からストレートにかけることもできるし、斜めがけにもできるよう長さが調整できるようになってるの。一つで色々なバリエーションになるものは、使い方が難しいという場合が往々にしてあるけれど、これは簡単。見た目小ぶりなので、おしゃれにも見える。あとは、オランダの露天市で買った、この緑と黒の二つ。紐が短かったので、洋服を仕立ててくれる人にお願いして、自分に合う長さにしてもらいました。いつも使うバッグはこの二種類。バッグの色と靴の色をなんとなく合わせるというのも、私のルールのひとつ。この二点が合っていると、多少色鮮やかなものを身に纏《まと》っても不思議とまとまりがついて落ち着くのです」

赤、ピンク、グリーン、イエローとカラフルなショルダーの紐がアクセントのバッグは、パリ製。ネットで購入。洋服に合わせて紐の色を選ぶ。

ナイロン製で軽くて持ちやすいバッグは、オランダで見つけたお気に入り。短かった紐を自分に合わせた長さに作り変えてもらい、さらに快適に。

アクセサリーは自由に、自由に

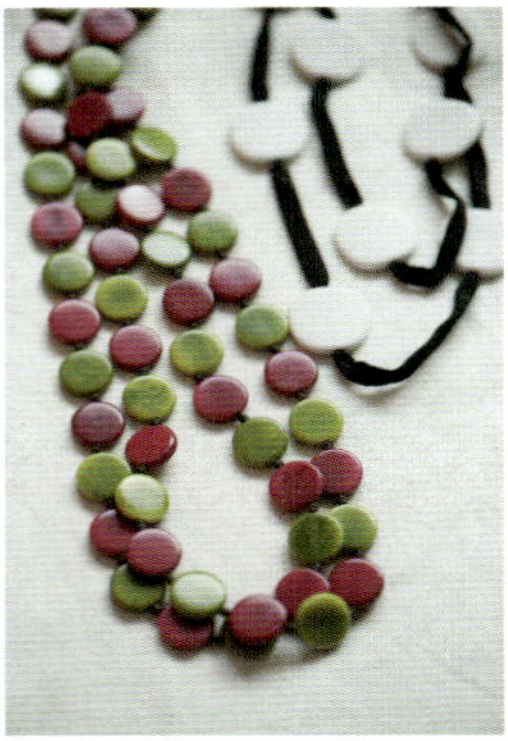

中でもお気に入りのふたつ。グリーンとピンクのネックレスはウィーンで購入。白黒のものは鎌倉のブティック"リミィニ"で買ったイタリア製。

海外を旅したときに購入した、キャンディみたいなプラスチック製の指輪や、いくつものカラフルな玉が連なったネックレス……。角野栄子のアクセサリーボックスには、眺めているだけでウキウキする、かわいらしい指輪やネックレスがたくさん詰まっている。

「私のおもちゃ箱です。金属アレルギーがあるので、指輪はだいたいプラスチック製で、超お安いの、三百円ぐらいから。高いので、二千円どまりね。ごくたまに奮発してしまうこともあるけれど、わざわざ買いに行くというより、旅先で出会ったものがほとんど。外国の小さな駅の売店で買ったり、散歩の途中で見つけたりね。ネックレスは胸の位置まで下がる大きめのものが好き。ワンピースとのバランスがいいし、全体にインパクトが出るから。大きな玉と小さな玉が不規則に連なっているものや、アシンメトリーの一見バランスが悪そうなものの方が、身につけたとき意外な良さを発揮してくれます。それも胸まで下がるサイズならではね。アクセントとしても、電車や飛行機など乗り物内での温度調節にも役立つスカーフ類は、細くて縦長のものを愛用している。色、色ってしつこいけど、これも色合わせを大事にしてます。それにしても、こうして見ると似たようなものが多いわね。でも、ひとつひとつが思い出。身につけながら、思い出も一緒に歩いてるのね」

季節を問わず、スカーフ類は必需品。カシミヤやウールなど、質がよく発色のいい美しいものをその日の気分に合わせて選ぶ。

アメ玉みたいにカラフルなプラスチック製のリング。眺めているだけでも楽しい気分になる。

『魔女の宅急便』『ズボン船長さんの話』『くまのプーさん』など。彫金をしている友人がブローチにしてくれた。

仕事着は楽に、楽に

病院の先生が着る白衣がカラフルになったような仕事着。さっと羽織れば、仕事モードにもなるし、ちょっとそこまで買い物に行ったり、朝のゴミ出しにも便利なのだという。

「家にいる時の服装って意外と難しい。パジャマのままってわけにもいかないし、かといって出かけるときのようにきちんとするのも窮屈でしょう。それに私は書く仕事をしているから、セーターやブラウスに鉛筆やインクの跡がついたりして、何か対策はないものかと思っていたとき、旅先でドイツやイタリアのお母さんたちがさっとこういう上着を着て、身の回りの仕事をしている姿を見たの。それで、真似してみようと思って。いつも洋服を仕立ててもらう人にお願いしました。ワンピースとかっぽう着の間のようなデザインで、それに襟を付け、前開きに。そうしたらとても便利で、今では欠かせないものになりました。汚れてもすぐ洗えるし、さっと羽織れる軽さもいいの」

便利で気楽なだけでなく、かわいらしさもあるのが角野栄子の仕事着。エプロンとは一味違った雰囲気がある。

口紅は七難隠す

化粧品に対してのこだわりは、特にない。けれども口紅だけは、「これ」と決めてから、もうずいぶんと経つという。

「口紅をつけると元気に見えるんです。これは歳を重ねてから気づいたこと。洋服によって少しだけ色を変えますが、私が使い続けているのは、クリスチャン・ディオールの十二番、十三番、十四番の三種。これをずっと愛用しています。番号が続いていることからもわかるように、どれもほんの少しの違いくらい。ややオレンジが濃いか、ピンクの発色が強いか、それくらいだけど、つけてみると雰囲気が違うので、その日の気分と洋服の色に合わせて変えるようにしています。口紅以外に、あまりこだわりはありません。化粧水は、ミツバチさんの恵みがはいったものを、十数年も使い続けています。面倒くさがりなのか、あまり変えない。香水はつけずに瓶を飾るだけですね」

特別気にしていないけれど、決め手となるところには自分自身のトーンを忘れずに持ってくる。角野栄子ならではのおしゃれと身だしなみ術。化粧水も乳液も気にしていないというけれど、御歳八十二歳とは思えぬ、肌のきめ細かさと艶《つや》やかさに驚かされる。

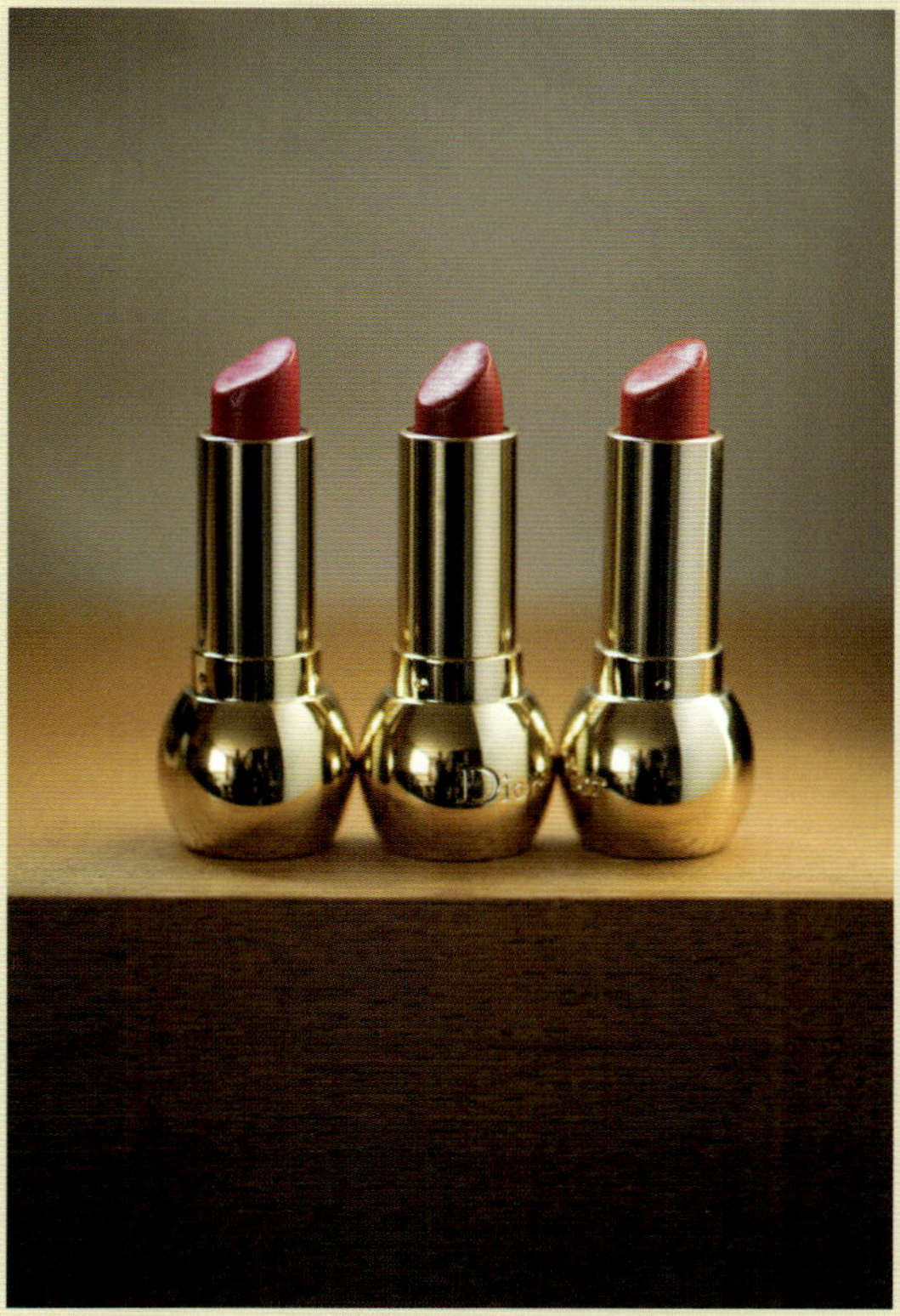
Dior

作品から
ラストラン

KADOKAWA（カドカワ銀のさじシリーズ 2011 年／角川つばさ文庫 2014 年／角川文庫 2014 年）

幼い頃に亡くなった母の生家を訪ねて、バイクにまたがり、ひとり旅に出た七十四歳の主人公イコさん。ようやく当時のまま残っていた古い家を尋ねあてるが、そこから突然、母そっくりの小さな女の子が出てくる。なんと彼女は、この世に「思い残し」を持つ、ゆうれいだというのだ。

「五歳のときに母が亡くなったから実感がない。どういう人かもわからないまま育ちました。知っていたのは、母が父より年上だったことと、岡山の吉井《よしい》川《がわ》沿いにあった船宿で生まれたということくらい。それで十数年前に母の生家を探す旅に出たんです。その家をこの目で見たときは感無量でした。初めてこの世に存在していた人なんだ、と思えた。『赤い服を着て玄関を出たり入ったりしていたのかな』と、想像してみたり。これはその旅を元にした自伝的な話です」

バイクに乗るときは、スペイン製の革のライダースーツとカシミヤのマフラー。スミレ色の絹のドレスも忘れず持っていくおしゃれな主人公イコさんと、水玉のワンピースを着た十二歳の母。服装の描写には本人のセンスがあふれている。そうした点にも注目したい一冊。

やっとおぼえたネット販売で真っ黒な革のライダースーツを買った。

スペインのブランドもの。わきにエナメル革の筋が入ってる。

ひざの所は、クッションつきだ。

両方ともほおずりしたいほどしっとり、やわらかい。

季節には少々合わないけど、ライドにはなんといっても革でしょう。

真っ赤なカシミヤの薄手のマフラーも、プロ仕様のブーツも買った。

免許とお金とその他もろもろを入れるボディサックも赤、ななめにかけると、一昔前の郵便配達人みたいだけど、かわいい。

あとは、寝袋だの、水筒だの、いろいろいろいろ、全部高級品、かつ小型でシンプルを通した。

着替えを入れるバッグにスミレ色の軽い絹のドレスも入れる。


（本文中より抜粋）

4

角野栄子　こんな人

一九三五年、東京生まれ
五歳で母を亡くし、
戦争と終戦も体験した
大学卒業後、結婚してまもなく
ブラジルに移民として渡り、二年間過ごす
現在、八十二歳
今までの、そしてこれからの角野栄子の話

ブラジル　サンバ　カフェ

ブラジル滞在中に、父親や弟にあてた手紙の束。

どこか別の違うところへ行ったらどうなるだろう？　海の向こうには何があるんだろう？　幼い頃から、そんなことばかり思っていたという。「何か珍しいものを見たいっていう気持ちが強い子供だった。学生の頃は、神田に本を見に行ったり、喫茶店に入ったりすることも、いつもの通学路とは違うところへ行くのも、私にとっては旅のようなものだったけれど、まさかブラジルへ行くことになるなんて。高校生くらいから、外国の文化に接したいと思っていたこともあって、大学を卒業した二年後には結婚して、ブラジルへ旅立っていました」

当時は外国に行くといってもそう簡単なことではなく、移民として行ける場所もブラジルやアルゼンチンなどに限られていた。角野栄子が自費移民という形を選択してブラジル行きを決行したのは、結婚した翌年の一九五九年、二十四歳の時だった。

「ブラジリアという何もない荒野に建築家ニーマイヤーの設計で首都をつくろうという国を、この目で見てみたいと思ったんです。まだ一ドル三百六十円の時代。神戸からチチャレンガ号という船に乗って、太平洋、マラッカ海峡、インド洋、大西洋といくつもの海を越えた二ヶ月間の船旅でした。楽しいことがいろいろあったけれど、なかでも一番楽しみだったのは、毎日違って見える朝日と夕日、それに月。一日として同じも

JUL 68

1959年に乗船したチチャレンガ号のパンフレット。航路や客室、食堂などの様子がイラストで詳細に描かれている。

のでない光景は、飽きることがありませんでした。船の中で知り合った外国の友人もできて、船内でかくれんぼをして遊んだりしたの。マイクというイギリス人は船の手すりの外側にぶら下がって隠れていたから、なかなか見つけられなかった、そんなこともあったわ。リオデジャネイロに到着した夜、私たちは上陸して小さなナイトクラブに行ったの。マホガニーのように美しい肌をした白いワンピース姿の女性歌手が花を持ってサンバ・カンソンを歌って、しかも最後にその花を私にくれたの。感激しました。翌日の深夜、目的地のブラジルはサントスに到着。農場へ行く人たちは皆迎えが来ていたけれど、私たち個人の移民には迎えなどなく、真夜中に知らない国に放り出され、途方に暮れてしまいました。これからどうなるんだろうって、ガラーンとした港に立って思ったわ。日本でも新しい街に引っ越しのときは不安でしょう。でも目の前をたくさんのバナナを積んだトラックが通り抜けて行った瞬間、日本ではなかなか食べることができなかったバナナがこの国にはたくさんあるんだ、と急に元気が湧いてきたの。単純なものね」

そして角野栄子はやがて住むアパートで十二歳の男の子〝ルイジンニョ〟と出会う。友達になり、言葉や音楽、踊ることなどを教わったことで、ブラジルでの暮しは大きく変わっていった。おおらかな暮しと人と

（右）EIKOと記されたサッカーのTシャツは友人からのプレゼント。（左）お気に入りのサンバのCD。

のつながり。ものの見方や考え方も含め、人生が百八十度変わったブラジルでの経験は、帰国した数年後、初の著書として世に出ることになる。

「私が住んでいたアパートは、夕方になると窓からママエ（お母さん）が、下で遊んでいる息子を『ルイジンニョー！』と大声で呼んで晩ごはんができたことを知らせるような、そんな下町にありました。その街で私はブラジルの食べ物や人々の暮し、伸びやかな国民性を知ることになるのです。もう一つ、私のブラジル暮しで忘れられないのが、サンパウロにあった東宝の映画館で声をかけて来た女性と、その周りの人たちとの交流。コピーライターをしていたその女性は、大きな銀行創始者の孫で大変なお金持ちだったけれど、自立した女性として自分で稼いで生活していたの。周りには映画監督の卵や俳優や画家を目指している人など、さまざまな人たちが集まっていました。あるときはフェイジョアーダ（ブラジルの国民食のような煮込み料理）パーティー、またあるときは屋根裏部屋でのジャムセッション！　私はそこに浴衣を着ていったりしてね。見るもの、聞くものすべてが初めてのことばかりで、毎日がそれはそれは刺激的でした。忘れられない、もう一つのブラジルの社会だった。私の作品『ナーダという名の少女』の元になったものです」

　ブラジルで充実した二年間を過ごした後、リオから船でポルトガルのリスボンへ渡り、汽車でスペインのマドリッドやトレドへ。ドーバー海峡を渡りロンドン。それからパリでルノーの中古車を購入して、フランス、スイス、ドイツ、オーストリア、デンマーク、スウェーデンと九〇〇〇キロ車で回った。ドイツはちょうどベルリンの壁ができた年だった。ローマで車を手放し、飛行機でカナダとニューヨークを往復して、ようやくアンカレッジ経由で日本（羽田《はねだ》）へ帰国したのが、一九六一年。角野栄子は二十六歳になっていた。

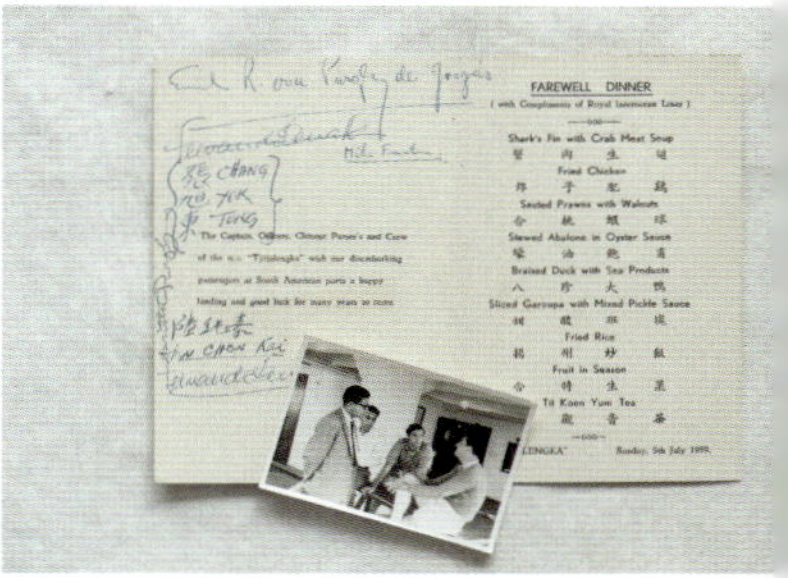

(上)1960年リオから首都を遷都したとき。ブラジリア紹介のパンフレット。(中)サントス上陸前日、船でのお別れディナーのメニュー。同じテーブルだった人たちの寄せ書きも記されている。写真はその時の乗客たち。(下)シンガポール、ペナン、モーリシャス、南アフリカなど寄港地のパンフレット。今見ても新鮮なデザイン。

作品から

ルイジンニョ少年
ブラジルをたずねて

ポプラ社
(ポプラ社の少年文庫1970年)

角野栄子がブラジルへ旅立ったのは、一九五九年、二十四歳のときのこと。二ヶ月に及ぶ船旅の末に踏んだ地は、人も空気も陽気で暑い街だった。そこで初めてできた友だちは、同じアパートに住む十二歳の少年ルイジンニョだった。彼は小さな先生としてポルトガル語やブラジルでの暮しの基本を教えてくれた。

「アパートのエレベーターに乗り込んだとき、後ろから『セニョーラ、何階に行くの?』と、聞いてきたのが彼。私が行き先を伝えると、『同じだ』って言って、それから私たちは、毎日のように一緒に遊ぶようになり、彼から言葉や踊りを教わったんです。彼がいなかったら、きっと私のブラジル暮しは全然別のものになっていたと思います。ブラジルで初めてできたこの友人は、意外とワルでよく学校をサボったりして、お母さんに怒られていました。落第もしていたしね。でも、ときどきのぞかせる十二歳らしい姿がかわいかった。ある日帰ると、置き手紙一通を残して家族ごといなくなっていたの。さよならを言うこともできなかったんですけれど。私がブラジルを第二の故郷と呼べるようになったのはあの一家のおかげです。帰国後しばらくして、大学時代の恩師龍口直太郎先生に背中を押されて書いた話が私のデビュー作。ルイジンニョやその家族と過ごしたブラジルでの日々を書きました。初めは文章を書くなんて私にはできない、と思ったけれど、書き始めてみたら、こんなにも文章を書くことが好きだ、って気がついたの。作家になるかどうかは別として、一生文章を書いていこうと思いました」

「セニョリータ　オ　ケ　アリパ　チンプン　カンプン。」
と声がして、人があつまってきました。それからワイワイ　ガシャガシャ。
わたしは立ちすくんだまま、とくいの日本語すら、口からでてこなくなってしまいました。

するとそのときです。十さいぐらいのちゃいろい顔の男の子が人をおしのけてとびこんでくると、「エ、イ、コ」とさけびました。
そして「ルイジンニョ」とじぶんをさして、ふかぶかと王女さまにするようなしゃれたおじぎをしました。小さなからだじゅうが、ピチピチとうごいています。

それから、あんないされたところは、十八かいだてのアパートの十一かい。

――（中略）

こうして、わたしはアマラルさんの下宿人になって、ブラジル人とごちゃまぜの生活がはじまったのです。

（本文中より抜粋）

ルイジンニョの母ルーチ・アマラールと一緒の、記念写真。角野栄子 24歳。

作品から

ナーダという名の少女

KADOKAWA
（単行本2014年／角川文庫2016年）

ポルトガル語で「何にもない」という意味の名前の少女ナーダと、ブラジルで生まれ育ちポルトガル人の母と日本人の父を持つアリコ。ブラジルとポルトガル、二つの国を舞台にこの二人の少女が絡み合う、不思議な運命と友情を描いた物語。

「ナーダの物語は、彼女クラリッセから生まれました。私が帰国すると、彼女は日本までやってきました。二年ほど滞在したあと、急に連絡が途絶えて行方がわからなくなって。それが偶然、大阪万博の帰りに立ち寄った京都の街中でばったり再会したの。彼女は向こうからまっすぐに歩いてきて……。そんなことってあるのね。驚く暇もなく、私は号泣だった。でも別れるとき、今どこにいるのかも言わず『チャオ、エイコ』と地下鉄への階段を降りていって、それきり。二度と会うことはありませんでした」

当時ブラジルにあった東宝の映画館で、一人の女性に声をかけられる。それをきっかけに友人になったクラリッセは、赤毛でオッドアイ、しゃがれた声が印象的な少し年上の女性だった。

「二十四歳から二十六歳まで過ごしたブラジルでの濃密な日々を書きたいと思ったとき、真っ先にクラリッセのことを思い出しました。でも、あのままではなくて、現代の話にしようと思ったんです。あまりにも思い出が詰まりすぎていて、センチメンタルになりそうだったから」

アリコが学校から帰って、ドアを開けると、足元に封筒が差し込んであった。裏を返すと、「ナーダ」と書かれている。急いで指を差し込んで、むしるように封を開けた。

「あたしんちにこない、今度の金曜。フェイジョアーダ(ブラジルの代表的料理)、食べる会するの」

そこには住所と始まる時間が書いてあった。なんと始まるのは、夜の九時。はじのほうに、「あんたはちょっと早くおいでよ。暗くなるとちょっとやばくなる場所だから。久しぶりにおしゃべりしようよ。積もる話をね。アパートの前にイッペイの大きな木があるんだ。すごく巨大、いっぱい黄色の花さいてるよ。だからすぐわかる」と走り書きが付いていた。

(本文中より抜粋)

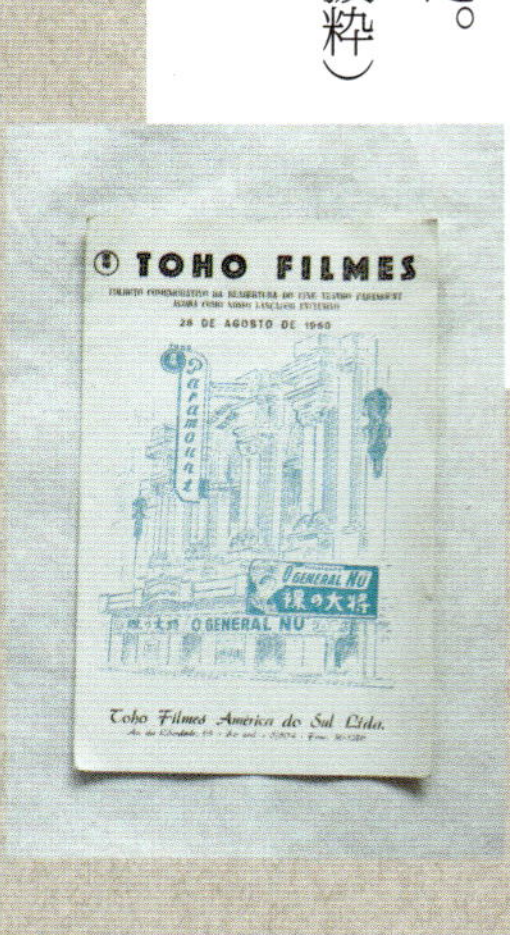

ナーダの物語の元になったクラリッセと出会った、ブラジルの東宝映画館のパンフレット。

旅はいつでも大きな贈り物

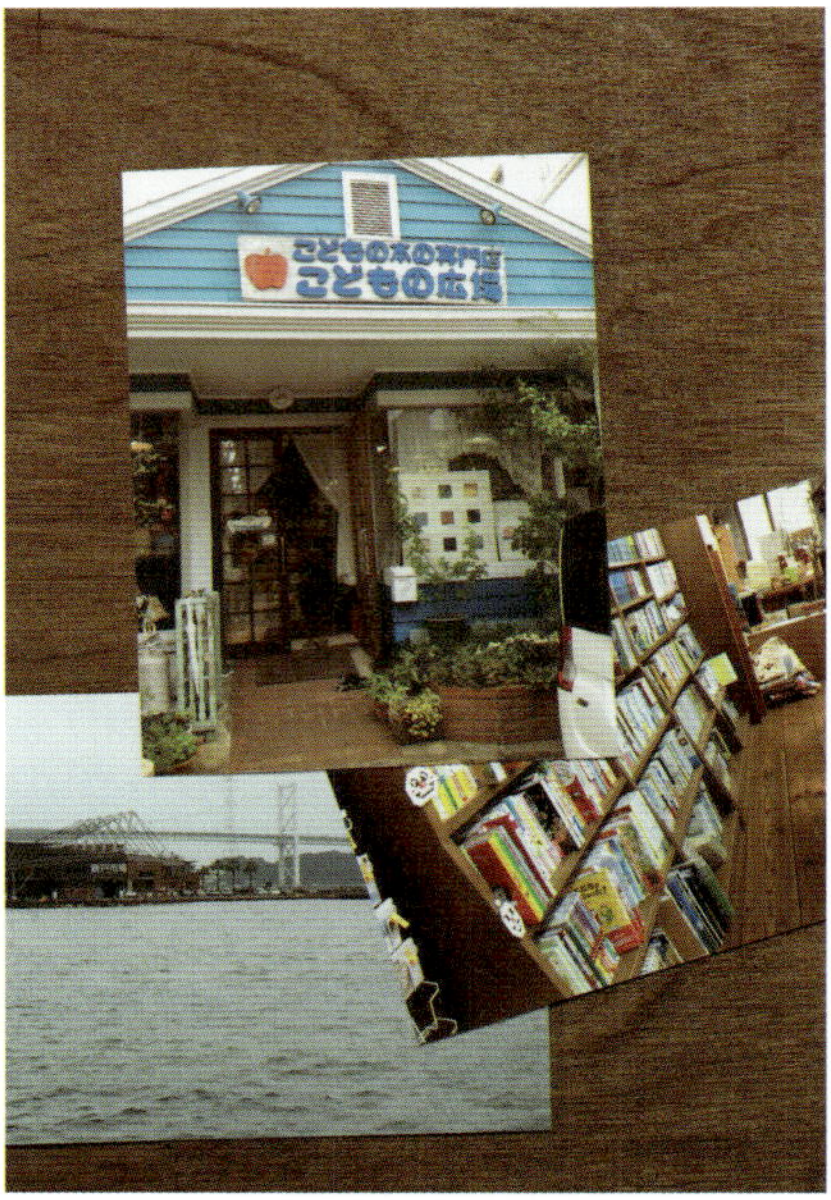

第二の故郷という、山口県下関市の児童書専門書店『こどもの広場』と関門海峡。

旅が大好き。若い頃、四歳の娘をつれて、二ヶ月もヨーロッパに二人旅、娘が十三歳の時にはブラジルへ。旅の途中で出会った人や食べ物、風景、交わした言葉は、いまも頭のどこかにあって、そこで培われた経験が言葉を紡ぐ元になっているという。

「好きなところへは何度でも出かけていきます。海外では、ポルトガル。国内では、下関《しものせき》。ポルトガルへは二十回以上も。もともとブラジルを統治していた国ですからね、ブラジルへのなつかしさもありますね。そこでアズレージョという伝統的なタイルに出会い魅了されました。このタイルが使用された建築物もたくさん観て回りました。藍の印判の食器が好きになったのもアズレージョの影響です。また仕事で、オーストラリア、タヒチ、ギリシャ、エルサレム、キプロス、クレタ島にも行きました。どこでも、ほいほい出かけてし

ポルトガルの伝統的タイル、
アズレージョを使った建物の
美しさに魅了される。

まいます。二十四のとき、船で地球を半周したことが、大きかったですね。見たがりやの冒険好き。こんな自分が好きです。最近は、くやしいけど、やっぱり歳、長期間の海外旅行には行かなくなりました。でも短期では行きますよ。旅はいつでも大きな贈り物をくれます。第二の故郷と呼んでいる下関では、海峡沿いのウッドデッキに座り込んで、コーヒーを飲むのが至福の時です。また街中の子どもの本屋『こどもの広場』では、本棚に挟まれて座り込んで、時間も忘れて本を読んだりします。イギリスの作家、エリナー・ファージョンに『本の小べや』という素敵な作品がありますが、ここは私にとって、まさに『本の小べや』です。それも店主の横山眞佐子さんのブックトーク付き。旅はいつでもわくわくです」

「家族」（父）

幼子を包み込むように抱く
母。角野栄子０歳の頃。

角野栄子は五歳で母親を亡くすという大きなショックから、少女時代はずっと不安な気持ちを抱えていたという。

「この世に生まれて、たった五年で愛する人の死を知るって、あまりにもショックでね。もういないんだ、帰ってこないんだってことがわかってはいても、この事実を心のどこかで今に至るまで受け止められない自分がいるような気がします。でも子供って可笑《おか》しいですね、母の骨を拾いながら、待合室に残してきた最中《もなか》のことが気になるんですよ。もってくればよかったな、と。私は、いつも孤独を感じ、不安を抱えた子供でした。ひとり柱に背をつけて、うつむいて死というものをしつっこく考えていました。そんな私に楽しみを与えてくれたのが父でした。楽しかったのは物語の読み聞かせ。父は宮本武蔵の話が好きで、よくしてくれました。その人物になりき

(左)父親。(中)東京深川の富岡八幡宮にて。父、母、弟と。(右)愛犬だったムム。

ってね。いろいろおもしろい言葉を歌うように言うのも父の得意技で、私が文章によくオノマトペを使うのは、その影響だと思います。その反面、何かというと『お行儀よく』『お上品に』『几帳面《きちようめん》に』が口癖で、『うちはどこよりも一番なんだよ』と育てられました。子供の頃は、うちが一番と信じていたけど、大きくなったらそうでないのは一目瞭然《りようぜん》。中流もいいとこ、平凡な家庭でした。いつもパナマ帽に懐中時計をさげて、おしゃれな父でね、私たちの髪型まで床屋さんにうるさく注文をつけていました。父の育て方が今の私を形成したのは間違いないですね。父の存在はとても大きかった。だからかしら、何か困ったとき、嬉《うれ》しいときは、まず父のことを思い出します」

作品から

トンネルの森　1945

KADOKAWA
（単行本 2015 年）

二〇一五年、戦後七十年に刊行され、大きな反響を呼んだ一冊は、角野栄子自身の戦争体験が元になっている。

「太平洋戦争のさなか、私も小学校五年生の時に東京から千葉へ疎開しました。最初に家族で住んだのは家ではなく納屋でした。すでに実母は亡く、継母と一緒で不安な気持ちのままだった私は、戦争がひどくなってなにごとも我慢の時代の中、ますます内にこもっていきました。学校へ通う途中に、暗くて真っ黒な口を開けている、トンネルのように長くて暗い森があって、恐くてね。入り口で、『五年二組、角野栄子通りまーす』って自己紹介して走っていきました。森と仲良くなれば恐くなくなると思って……。『お国のために』『贅沢《ぜいたく》は敵だ』、そんな言葉が皆の合言葉になっていた時代でした。毎日食べるものもギリギリで、人の家になっている柿を喉《のど》から手が出る思いで見ていたわ。終戦を迎えたのは、私がちょうど十歳のとき。東京は一面焼け野原になり、それはそれはひどい状況だった。戦争をテーマに取材を受けて、この森の話をしたらそれを聞いていた担当編集者から『作品に残しましょう』と言われて物語が動き出しました。違うのは家族構成くらいで、あとはほぼ自分が体験したことです」

物語の後半は涙が滲《にじ》んで、滲んで、何度も目からあふれ出てしまう。たった十歳の少女の戦争体験は、今を生きる私たちに二度と起きてはならないことを静かに、強く、伝えてくれる。

「せっかちはいかんぞ。ゆっくりな」
セイゾウさんは、じっとおにぎりを見ながらつぶやいた。
自分で自分に言っているみたい。しばらくするといい匂いがしてきた。
おにぎりをひっくり返す。またしばらくしてひっくり返す。四方ぐるりも
よく焼く。全体がこんがりして、固くなると、今度はお皿に入れたお醬油《しょうゆ》
にさっとつけて、網に戻す。――（中略）
「さ、出来たよ」
私は、手を「あち、あち」と動かしながら、口に運んだ。
「やっぱり、焼きおにぎりは、おとうさんのが一番おいしい。
日本、ばんざい」
私は口をもぐもぐさせながら言った。セイゾウさんは顔をくしゃっとさせた。
（本文中より抜粋）

小学４年生の頃に千葉県に疎開したときの角野栄子。後列の左端。

魔法は一つ 誰でも持っている

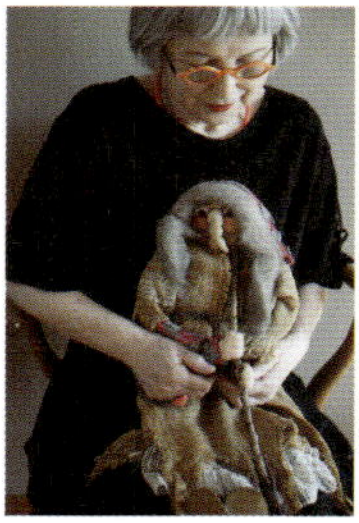

一番のお気に入りという「ゾゾさん」と名付けた魔女の人形を抱く。

角野栄子が魔女についての本を読み、調べたり、魔女を辿《たど》る旅をするようになったのは、著書『魔女の宅急便』を書いた後のこと。主人公の少女キキが世にいう悪い魔女につながる存在だったら悲しい。「魔女」をもっと知りたいと思ったのがきっかけだったという。

「昔、人々は厳しい自然の中で、いつも命の不安を抱えて暮らしていたのね。子供が生まれても丈夫に育つとは限らない。なんとか家族を守りたい。これは今も変わらない母親の切実な願いですよね。その中で森の木は冬になると葉を落とし、まるで死んだようになるのに、春になると芽吹く力を持っている。この再生する力を、自分たちの子供に与えたら、丈夫に育つかもしれない、愛《いと》しい人の命をなんとか守りたい。そういう母親の気持ちから、魔女という存在が生まれてきたのだと思うんです。魔女はね、見えない世界を想像し、そこにあるエネルギーを感じて、暮しに取り入れていった。それが薬草採集につながり、やがては不思議な力、魔法と呼ばれるようになっていったのではないかしら。魔女って本当は、そういう人だったのよ。歴史の狭間《はざま》で悪者にされる時代もあったけど、キキの場合はほうきで飛べるという力を生かして、見えない世界を見、想像し、工夫を凝らし、一人で生きていく。魔法は想像する力といってもいいかもしれない。これはキキに限らず誰でも持っている力。心が動くと、だんだんとその人の魔法が育っていくのよね。だから、魔法は一つ。そして誰でも持っているものだと思ってるの」

『魔女からの手紙』は作家生活 20 周年記念に作られた本。交流のある作家たちが絵を描き、それに角野栄子の小さな手紙が添えられている。自身がベルギーやルーマニアなど、魔女を訪ねて旅したエッセイ『魔女に会った』や魔女の役割や歴史、家、薬草やおしゃれの話など、魔女のことをイラストと文でまとめた『新 魔女図鑑』も楽しい。

魔女について調べたときの資料の一部。

旅に出かけるたびに見つけては連れて帰ってきた魔女人形の収蔵の一部。友人や読者からの贈り物もある。気づいたら、すごい数になっていたという。どれも愛すべきものばかり。

特別収録　掌編《しょうへん》

おいとちゃん

イラスト：角野栄子

1

大きな町の、小さなアパートの小さな部屋のソファの上に、小さなおばあちゃんが座っています。

名前は「おいとちゃん」。

2

このおばあちゃんは「かずこさん」と呼ばれていた時もありました。

その頃は、腕の太い大工の旦那《だんな》さんと、いたずらぼうずの息子と暮らしていました。

3

腕の太い大工の旦那さんが、仕事中に梯子《はしご》から落ちて亡くなって、いたずらぼうずの息子が、腕の太い大工さんになって、めったに帰れないほど遠い町で働くようになると、おばあちゃんは、一人ソファの上にちょんと座って、毎日、編み物をするようになりました。

古くなったセーターをほどいて糸にしたり、短い毛糸を集めて結んで、なにか編んでは、誰かにあげるのが楽しみでした。

それで、いつからかおばあちゃんは「おいとちゃん」と呼ばれるようになったのです。

4

編み物をするとき、おいとちゃんは、昔のことを思い出しながら編みました。

「あのとき、坊やとかけっこをして、転んだっけ……」

「あのとき、坊やったら、風船を、わっちゃって、大泣きした……」

「あのとき、坊やったら、父ちゃんに肩車されて、大喜びだった……」

その度に、編むのをやめて、ボーッとしたり、力を入れてきゅきゅっと編んだり、途中で寝てしまったり……。

それで出来上がった編み物は、どこかが大きすぎたり、どこかがちぢんでいたりするのでした。

5

おいとちゃんは、年をとりました。確か八十と五つのはずなのに、いくつだったか、なかなか思い出せないのです。

九十三と思うこともあれば、十三と思うときもありました。

息子も四十八のはずなのに、二十六と思うときもあれば、たったの六つと思うときもありました。

でも他のことは、なんでもよく覚えていました。ただそれが、ちょっと前のことだったか、中ぐらい前のことだったか、ずーっと前のことだったか、はっきりしないのです。

6

「せがれに、セーターを編んであげようかね。帰ってきた時着られるように」と、おいとちゃんは思いました。

「だぶだぶのセーターがいい。何しろせがれは腕の太い大工なんだもの。それにはたくさんの糸がいるわ」

おいとちゃんは、家中の毛糸を全部出して繋《つな》げ、大きな玉に丸めました。

そこから糸のはじを引っ張ると、ゆっくり、

ゆっくり、編み始めました。大きな毛糸玉はスースーッと音をさせて、部屋の中を転げまわりました。

7

そう、そう、私の坊やったら、どんどん背が伸びて、セーターから、ちょっとふくれたおへそがはみ出しちゃって……。

おいとちゃんは皺《しわ》の寄った口を震わせて、ふふふっと笑いました。

「でべそ、でべそ」

友達にからかわれてねえ、でも、あの子は平気だった。

「でべその中に、いいもの入ってるんだ」

「じゃ、見せて」

「見せてなんかやるもんか」

あの子は威張って、キューッとセーターを引っ張って、おへそを隠してしまった。

「だから、やっぱりセーターはだぶだぶがいいのよ。おへそが見えないように」

おいとちゃんは歯のない口を開けて、ふふふっと笑いました。

それからゆっくりゆっくり編み続けました。

8

そうそう、あの子は私に隠し事をしたのよ。

「母ちゃん、俺ちょっとそこまで行ってくる」

あの時、私はちょっとそこまでが、とっても遠いところだって、すぐわかった。

だってあの子のセーターがちぢんでいたから、中に隠してるものがわかったんだもの。それは、死んだ父ちゃんの鑿《のみ》と、かんな。

あの子が大工になりたいと言った時、父ちゃんのようになるといやだから、私は反対をした。

それで、あの子はこそこそ出て行ってしまっ

たの。

「ちょっとそこまで」なんて嘘《うそ》ついて。

あの時、セーターがだぶだぶだったら、あの子は嘘を隠せたのに。

私も、「そうかい、行っておいで」って笑ってやることができたのに。

だからセーターはだぶだぶがいいのよ。

9

おいとちゃんは薄くなった茶色い目を近づけて、ゆっくりゆっくり編み続けました。

毛糸玉だけはとっても元気が良くって、あっちに転げたり、こっちに走ったり、ソファの下に入り込んでしまいます。

「そう、そう、あの子もそこに隠れて、出てこなかった。洋服着るのやだよって」

おいとちゃんはソファの下に頭を突っ込みながら言いました。

「こうやって引っ張り出したわ。裸ん坊のあの子をね」

おいとちゃんは毛糸玉を引っ張り出すと、またゆっくりゆっくり編み続けました。

10

あの子は小さな時、色々なものになりたがったわ。

「たぬきにして」

「ぞうさんにして」

「おばけにして」

そんな時、父ちゃんのセーターがとても役に立った。

あの子が着ると、だぶだぶでね、それが良かったのね。

11

長～い袖《そで》をぞうさんの鼻にして、もう一つを尻尾《しっぽ》にして、襟から顔を出して、

「ぶらーりぶらーり、ぞうさんだよ」って歩き回った。

セーターのおなかにお鍋を入れて、「とんたん　とかとか　たぬきだよ」って、叩《たた》いた。

それから、おばけにもなれた。

だぶだぶのセーターだったから、顔は襟の中、足は見えないし、袖はだらーんと下がって、そのまま「ひゅーどろどろ～～」って、おばけちゃん。

だからいつでも、セーターはだぶだぶがいいのよ。

12

おいとちゃんは独り言を言ったり、独り笑いをしたりしながら、ゆっくりゆっくり編みつづけました。

おいとちゃんのちょっと前の思い出も、中ぐらい前の思い出も、ずっと前の思い出も、全部毛糸玉みたいに、一緒になっていきました。

13

腕の太い大工の息子はますます腕が太くなって、家に帰ってきました。

おいとちゃんは小さなソファの上に、小さくちょこんと座っていました。

そして、そばにセーターが置いてありました。

「お前のセーターだよ」

おいとちゃんは言いました。

「今度は、くまさんになるんでしょ」

14

息子はセーターを広げました。

だぶだぶです。すごくだぶだぶです。

「母ちゃん、一緒にくまさんになろうよ」

息子はおいとちゃんを抱いて一緒にセーターにもぐり込みました。

おいとちゃんはふふふっと笑いました。

15

「やっぱり、セーターはだぶだぶがいいね」

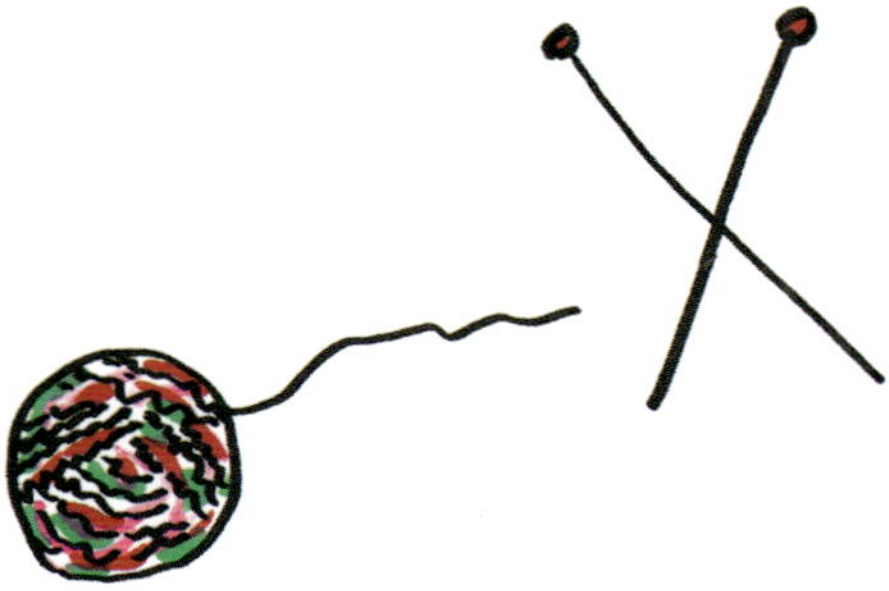

角野栄子　創作リスト

	刊行年	タイトル	レーベル名	版元
1	1970年	ルイジンニョ少年 ブラジルをたずねて	ポプラ社の少年文庫	ポプラ社
2	1970年	あしあとだあれ	ちびっこ絵本	ポプラ社
3	1977年	ビルにきえたきつね	カラー版・創作えばなし	ポプラ社
4	1979年	スパゲッティがたべたいよう	ポプラ社の小さな童話 6	ポプラ社
5	1979年	ハンバーグつくろうよ	ポプラ社の小さな童話 8	ポプラ社
6	1979年	ネッシーのおむこさん	新・創作えぶんこ	金の星社
7	1979年	カレーライスはこわいぞ	ポプラ社の小さな童話 13	ポプラ社
8	1980年	わたしのママはしずかさん	長編創作童話	偕成社
9	1980年	おばけのコッチピピピ	ポプラ社の小さな童話 20	ポプラ社
10	1980年	おばけのソッチぞびぞびぞー	ポプラ社の小さな童話 21	ポプラ社
11	1980年	なんだかへんですおるすばん	フレーベル館の幼年創作童話	フレーベル館
12	1981年	ズボン船長さんの話	福音館土曜日文庫	福音館書店
13	1981年	ピザパイくんたすけてよ	ポプラ社の小さな童話 25	ポプラ社
14	1981年	ブラジル、娘とふたり旅 ブラジル紀行	あかね紀行文学	あかね書房
15	1981年	大どろぼうブラブラ氏	講談社の創作童話	講談社
16	1981年	おばけのアッチねんねんねんね	ポプラ社の小さな童話 28	ポプラ社
17	1981年	かばのイヤイヤくん	小学館こども文庫 創作童話	小学館
18	1982年	ひょうのぼんやりおやすみをとる	どうわのひろば	講談社
19	1982年	わたしのパパはケンタ氏	長編創作童話	偕成社
20	1982年	エビフライをおいかけろ	ポプラ社の小さな童話 32	ポプラ社
21	1982年	はいこちらはがき新聞社	文研子どもランド	文研出版
22	1982年	ポシェットさげたのらねこさん		秋書房
23	1982年	おばけのコッチあかちゃんのまき	ポプラ社の小さな童話 35	ポプラ社
24	1982年	わすれんぼうをなおすには	旺文社創作童話	旺文社
25	1983年	おばけのソッチ 1年生のまき	ポプラ社の小さな童話 39	ポプラ社
26	1983年	カレーパンでやっつけよう	ポプラ社の小さな童話 43	ポプラ社
27	1983年	おばあちゃんはおばけとなかよし	こみね幼年どうわ	小峰書店
28	1983年	フルーツポンチはいできあがり	ポプラ社の小さな童話 47	ポプラ社
29	1983年	おばあちゃんのおみやげ	小学館こども文庫 創作童話	小学館
30	1984年	おはいんなさい えりまきに		金の星社
31	1984年	らくがきはけさないで	あかね創作どうわ	あかね書房
32	1984年	おばけのアッチ スーパーマーケットのまき	ポプラ社の小さな童話 52	ポプラ社
33	1984年	かえってきたネッシーのおむこさん	新・創作えぶんこ	金の星社
34	1984年	おかしなうそつきやさん	こども童話館 10	ポプラ社
35	1984年	なぞなぞのおうち	ねこのパジャマシリーズ	講談社
36	1984年	ねんねがだいすき	ねこのパジャマシリーズ	講談社
37	1984年	わるくちしまいます	こどもおはなしランド	ポプラ社
38	1985年	『魔女の宅急便』		福音館書店
39	1985年	わたしのパパはケンタ氏	偕成社文庫	偕成社
40	1985年	わたしのママはしずかさん	偕成社文庫	偕成社
41	1985年	おしりをチクンとささないで	PHP ゆかいなどうわ	PHP 研究所
42	1985年	たんけんイエイエイ	ねこのパジャマシリーズ	講談社
43	1985年	ハンバーガーぷかぷかどん	ポプラ社の小さな童話 65	ポプラ社
44	1985年	おばけのアッチこどもプールのまき	ポプラ社の小さな童話 69	ポプラ社
45	1985年	ナイナイナイナイ	ひくまの出版幼年えほんシリーズーあおいうみ	ひくまの出版
46	1985年	だっこはいや	ねこのパジャマシリーズ	講談社
47	1985年	シップ船長はいやとはいいません	幼年おはなしどうわ	偕成社
48	1985年	おばけのソッチ ラーメンをどうぞ	ポプラ社の小さな童話 70	ポプラ社
49	1985年	くまくんのあくび	ぴょんぴょんえほん	ポプラ社
50	1986年	ぞうさんのうんち	ぴょんぴょんえほん	ポプラ社
51	1986年	大どろぼうブラブラ氏	講談社青い鳥文庫	講談社
52	1986年	アッチのオムレツぽぽぽぽぽ～ん	ポプラ社の小さな童話 76	ポプラ社
53	1986年	かばのイヤイヤくん	小学館こども文庫ーおはなしプレゼント	小学館
54	1986年	ねこちゃんのしゃっくり	ぴょんぴょんえほん	ポプラ社
55	1986年	もぐらさんのいびき	ぴょんぴょんえほん	ポプラ社

	刊行年	タイトル	レーベル名	版元
56	1986年	おばけのソッチおよめさんのまき	ポプラ社の小さな童話 84	ポプラ社
57	1987年	ハナさんのおきゃくさま		福音館書店
58	1987年	アッチとボンのいないいないグラタン	ポプラ社の小さな童話 93	ポプラ社
59	1987年	にゃあにゃあクリスマス		講談社
60	1987年	おこさまランチがにげだした	ポプラ社の小さな童話 98	ポプラ社
61	1988年	ぼく社長だよ、エヘン！	あかねおはなし図書館	あかね書房
62	1988年	魔女の宅急便		日本ライトハウス点字出版所
63	1988年	イソップどうわ	講談社のおはなし絵本館	講談社
64	1988年	ごちそうびっくり箱		筑摩書房
65	1988年	ブラジル、娘とふたり旅	あかね文庫	あかね書房
66	1988年	もぐらちゃんのおねしょ	ぴょんぴょんえほん	ポプラ社
67	1989年	このゆびとまれ 1ねんせい きゅうしょくブルブル	ポプラ社の新・小さな童話	ポプラ社
68	1989年	なぞなぞあそびうた		のら書店
69	1989年	りすちゃんのなみだ	ぴょんぴょんえほん	ポプラ社
70	1989年	アラジンとまほうのランプ アリババと四十人のとうぞく	講談社のおはなし絵本館	講談社
71	1989年	ズボン船長さんの話		福音館書店
72	1989年	ネッシーのおむこさん・かえってきたネッシーのおむこさん		日本ライトハウス点字出版所
73	1989年	魔女の宅急便	ジス・イズ・アニメーション	小学館
74	1989年	魔女の宅急便 1	アニメージュコミックススペシャル フィルムコミック	徳間書店
75	1989年	魔女の宅急便 2	アニメージュコミックススペシャル フィルムコミック	徳間書店
76	1989年	魔女の宅急便 3	アニメージュコミックススペシャル フィルムコミック	徳間書店
77	1989年	アイとサムの街	心にのこる文学	ポプラ社
78	1989年	魔女の宅急便 4	アニメージュコミックススペシャル フィルムコミック	徳間書店
79	1989年	魔女の宅急便	徳間アニメ絵本	徳間書店
80	1990年	ひょうのぼんやりおやすみをとる	どうわがいっぱい	講談社
81	1990年	ちびねこチョビ	新あかね幼年どうわ	あかね書房
82	1990年	おばけのアッチのゲームのえほん	たのしいゲームえほん	ポプラ社
83	1990年	ぶたぶたさんのおなら	ぴょんぴょんえほん	ポプラ社
84	1991年	あかちゃんアッチはいはいしてる	おばけのアッチのあかちゃんえほん	ポプラ社
85	1991年	あかちゃんアッチはんぶんこ	おばけのアッチのあかちゃんえほん	ポプラ社
86	1991年	あかちゃんアッチみ〜んなあくび	おばけのアッチのあかちゃんえほん	ポプラ社
87	1991年	おばけのソッチねこちゃんのまき	ポプラ社の新・小さな童話	ポプラ社
88	1992年	おすましおすまし	みんなともだち	リブロポート
89	1992年	こちょこちょ	みんなともだち	リブロポート
90	1992年	ころんだころんだ	みんなともだち	リブロポート
91	1992年	さよならママただいまママ		あすなろ書房
92	1992年	ぼくはおにいちゃん		童心社
93	1992年	なぞなぞあそびうた 2		のら書店
94	1992年	おみせやさん		童心社
95	1992年	ぼくのおとうと		童心社
96	1992年	クリスマス・クリスマス	たくさんのふしぎ傑作集	福音館書店
97	1993年	魔女の宅急便 その2（キキと新しい魔法）		福音館書店
98	1993年	モコモコちゃん家出する	おはなし広場	クレヨンハウス
99	1993年	もりはなんでもやさん	のびのびノンちゃん	ポプラ社
100	1993年	ちびねこコビとおともだち	新あかね幼年どうわ	あかね書房
101	1994年	クーちゃんのはじめてのおしゃべり	のびのびノンちゃん	ポプラ社
102	1994年	くまくんのしっぽ	ぴょんぴょんえほん	ポプラ社
103	1994年	トラベッド		福音館書店
104	1994年	ぼくびょうきじゃないよ	〈こどものとも〉傑作集	福音館書店
105	1994年	もぐらちゃんのおててておっぱい	ぴょんぴょんえほん	ポプラ社
106	1994年	ナナさんはあみものやさんです	リブロの絵本	リブロポート
107	1995年	みんなでおみせやさん	のびのびノンちゃん	ポプラ社
108	1995年	もりのおばけのぷーらりさん	ぴかぴか童話	ポプラ社
109	1995年	おさんぽぽいぽい	日本傑作絵本シリーズ	福音館書店
110	1995年	くまくんのおへそ	ぴょんぴょんえほん	ポプラ社
111	1995年	ライオンくんをごしょうたい		偕成社
112	1995年	ケンケンとびのけんちゃん	あかね創作えほん	あかね書房
113	1996年	ぷーらりさんと1ねんせい	ぴかぴか童話	ポプラ社

	刊行年	タイトル	レーベル名	版元
114	1996年	おひさまアコちゃん：まいにちまいにち	おひさまのほん	小学館
115	1996年	おばけのアッチのおばけカレー	ポプラ社の新・小さな童話	ポプラ社
116	1996年	ぷーらりさんとどろんこごぶた	ぴかぴか童話	ポプラ社
117	1996年	くまくんのおさんぽ	ぴょんぴょんえほん	ポプラ社
118	1996年	おばけのアッチのあるかないかわからないごちそう	ポプラ社の新・小さな童話	ポプラ社
119	1996年	チキチキチキチキいそいでいそいで	あかね創作えほん	あかね書房
120	1996年	だれかたすけて	絵本といっしょ	国土社
121	1997年	とかげのトホホ	ポプラ社の新しい幼年童話	ポプラ社
122	1997年	ネネコさんの動物写真館	理論社ライブラリー	理論社
123	1997年	魔女のひきだし	MOE books	白泉社
124	1997年	あそびましょ	ちいさなしかけえほん	あかね書房
125	1997年	いいものみつけた	ちいさなしかけえほん	あかね書房
126	1997年	とかいじゅうシーシー	おはなしパレード	理論社
127	1997年	一年生になるんだもん		文化出版局
128	1997年	おだんごスープ		偕成社
129	1997年	魔女からの手紙		ポプラ社
130	1998年	ないしょのゆきだるま	あかね創作えほん	あかね書房
131	1998年	魔女に会った	たくさんのふしぎ傑作集	福音館書店
132	1998年	おばけがいっぱい	ちいさなしかけえほん	あかね書房
133	1998年	だれのおうち？	ちいさなしかけえほん	あかね書房
134	1999年	おひさまアコちゃんあそびましょ	おひさまのほん	小学館
135	1999年	かいじゅうトゲトゲ	ママとパパとわたしの本	ポプラ社
136	1999年	シンデレラ	えほん・世界のおはなし	講談社
137	1999年	オオくんとゆかいなかぞく	おはなしパーク	ポプラ社
138	2000年	おそらにいこう	クーちゃんとテクテク	ポプラ社
139	2000年	こんにちはおばけちゃん	クーちゃんとテクテク	ポプラ社
140	2000年	みんなであそぼう	クーちゃんとテクテク	ポプラ社
141	2000年	オオくんのかぞく日記	おはなしパーク	ポプラ社
142	2000年	魔女の宅急便 その3（キキともうひとりの魔女）		福音館書店
143	2000年	新 魔女図鑑		ブロンズ新社
144	2001年	かいじゅうトゲトゲとミルクちゃん	ママとパパとわたしの本	ポプラ社
145	2001年	ちいさなおひめさま	スミセイおはなし広場シリーズ	ポプラ社
146	2002年	とかいじゅうシーシー ウタブタコブタ事件	おはなしパレード	理論社
147	2002年	みんなであそぼ	クーちゃんとテクテクわくわく英語	ポプラ社
148	2002年	魔女の宅急便	福音館文庫	福音館書店
149	2002年	なかよしはらっぱ	クーちゃんとテクテクわくわく英語	ポプラ社
150	2002年	うみだいすき	クーちゃんとテクテクわくわく英語	ポプラ社
151	2002年	ナナさんのいい糸いろいろ		理論社
152	2003年	ズボン船長さんの話	福音館文庫	福音館書店
153	2003年	びっくりさんちのみつごちゃん	絵本・こどものひろば	童心社
154	2003年	ネネンとミシンのふしぎなたび		福音館書店
155	2003年	魔女の宅急便 その2	福音館文庫	福音館書店
156	2003年	パンパさんとコンパさんはとってもなかよし	講談社の創作絵本	講談社
157	2003年	リンゴちゃん	おはなしボンボン	ポプラ社
158	2004年	魔女の宅急便 その4（キキの恋）		福音館書店
159	2004年	リンゴちゃんのおはな	おはなしボンボン	ポプラ社
160	2004年	かいじゅうになりたいミルクちゃん	ママとパパとわたしの本	ポプラ社
161	2004年	シップ船長といるかのイットちゃん		偕成社
162	2004年	ファンタジーが生まれるとき：『魔女の宅急便』とわたし	岩波ジュニア新書	岩波書店
163	2005年	サラダでげんき	〈こどものとも〉傑作集	福音館書店
164	2005年	もりのオンステージ		文溪堂
165	2005年	リンゴちゃんとのろいさん	おはなしボンボン	ポプラ社
166	2005年	ラブちゃんとボタンタン		講談社
167	2005年	シップ船長とゆきだるまのユキちゃん		偕成社
168	2005年	魔女の宅急便：宮崎駿監督作品	ジス・イズ・アニメーション	小学館
169	2006年	へんてこりんなおるすばん		教育画劇
170	2006年	わがままなおにわ		文溪堂
171	2006年	おうちをつくろう	学研おはなし絵本	学習研究社

	刊行年	タイトル	レーベル名	版元
172	2006年	魔女の宅急便 その3	福音館文庫	福音館書店
173	2007年	ブタベイカリー		文溪堂
174	2007年	角野栄子のちいさなどうわたち 1		ポプラ社
175	2007年	角野栄子のちいさなどうわたち 2		ポプラ社
176	2007年	角野栄子のちいさなどうわたち 3		ポプラ社
177	2007年	角野栄子のちいさなどうわたち 4		ポプラ社
178	2007年	角野栄子のちいさなどうわたち 5		ポプラ社
179	2007年	角野栄子のちいさなどうわたち 6		ポプラ社
180	2007年	わにのニニくんのゆめ	アイウエ動物園	クレヨンハウス
181	2007年	魔女の宅急便 その5（魔法のとまり木）		福音館書店
182	2007年	シップ船長とうみぼうず		偕成社
183	2007年	イエコさん		ブロンズ新社
184	2007年	海のジェリービーンズ		理論社
185	2008年	音がでるおばけのアッチとけいえほん		ポプラ社
186	2008年	しろくまのアンヨくん	アイウエ動物園	クレヨンハウス
187	2008年	ぶらんこギーコイコイコイ	おはなしプーカ	学習研究社
188	2008年	ランちゃんドキドキ	角野栄子の本だな	ポプラ社
189	2008年	ラブちゃんとボタンタン 2（ひみつだらけ）		講談社
190	2008年	シップ船長とくじら		偕成社
191	2008年	ちいさな魔女からの手紙	魔女からの手紙	ポプラ社
192	2008年	ラブちゃんとボタンタン 3（まいごだらけ）		講談社
193	2009年	おそとがきえた！		偕成社
194	2009年	ダンスダンスタッタッタ	かどのえいこのちいさなえほん	ポプラ社
195	2009年	おめでとうのおはなし	わくわくライブラリー	講談社
196	2009年	まるこさんのおねがい	アイウエ動物園	クレヨンハウス
197	2009年	まんまるおつきさまおねがいよーう		ポプラ社
198	2009年	パパのおはなしきかせて	すきすきレインボー	小学館
199	2009年	あかちゃんがやってきた	こどものとも絵本	福音館書店
200	2009年	魔女の宅急便 その6（それぞれの旅立ち）	福音館創作童話シリーズ	福音館書店
201	2009年	なぞなぞあそびえほん		のら書店
202	2009年	パパはじどうしゃだった	すきすきレインボー	小学館
203	2010年	ぶらんこギーコイコイコイ	学研おはなし絵本	学研教育出版
204	2010年	大どろぼうブラブラ氏	講談社青い鳥文庫	講談社
205	2010年	いっぽんくんのひとりごと	アイウエ動物園	クレヨンハウス
206	2010年	おばけのアッチとドララちゃん	ポプラ社の新・小さな童話	ポプラ社
207	2010年	おばけのアッチほっぺたぺろりん	ポプラ社の新・小さな童話	ポプラ社
208	2010年	ひゅーどろどろかべにゅうどう	おばけとなかよし	小峰書店
209	2011年	ラスト ラン	カドカワ銀のさじシリーズ	角川書店
210	2011年	シップ船長とチャンピオンくん		偕成社
211	2011年	おばけのアッチとどきどきドッチ	ポプラ社の新・小さな童話	ポプラ社
212	2011年	愛蔵版 大どろぼうブラブラ氏		講談社
213	2011年	カンコさんのとくいわざ	アイウエ動物園	クレヨンハウス
214	2011年	ダンダンドンドンかいだんおばけ	おばけとなかよし	小峰書店
215	2011年	アッチとボンとドララちゃん	ポプラ社の新・小さな童話	ポプラ社
216	2011年	ようちえんにいくんだもん		文化学園文化出版局
217	2012年	じてんしゃギルリギルリ	おはなしプーカ	学研教育みらい
218	2012年	魔女の宅急便 その4（キキの恋）	福音館文庫	福音館書店
219	2012年	アッチとドララちゃんのカレーライス	ポプラ社の新・小さな童話	ポプラ社
220	2012年	おばけのアッチとおしろのひみつ	ポプラ社の新・小さな童話	ポプラ社
221	2013年	魔女の宅急便 その5（魔法のとまり木）	福音館文庫	福音館書店
222	2013年	魔女の宅急便 その6（それぞれの旅立ち）	福音館文庫	福音館書店
223	2013年	ネネコさんの動物写真館	新潮文庫	新潮社
224	2013年	マリアさんのトントントトンタ	アイウエ動物園	クレヨンハウス
225	2013年	アッチとボンとなぞなぞコック	ポプラ社の新・小さな童話	ポプラ社
226	2013年	いすおばけぐるぐるんぼー	おばけとなかよし	小峰書店
227	2013年	おばけのアッチとドラキュラスープ	ポプラ社の新・小さな童話	ポプラ社
228	2014年	ズボン船長さんの話	角川文庫	KADOKAWA
229	2014年	ラスト ラン	角川文庫	KADOKAWA

	刊行年	タイトル	レーベル名	版元
230	2014年	魔女の宅急便	文春ジブリ文庫	文藝春秋
231	2014年	アイとサムの街	角川文庫	KADOKAWA
232	2014年	ナーダという名の少女		KADOKAWA
233	2014年	ラスト ラン	角川つばさ文庫	KADOKAWA
234	2014年	魔女の宅急便魔女レシピ：キキになれるかな		KADOKAWA
235	2014年	おばけのソッチとぞびぞびキャンディー	ポプラ社の新・小さな童話	ポプラ社
236	2014年	ヨコちゃんとライオン		パイインターナショナル
237	2014年	おばけのソッチ、おねえちゃんになりたい！	ポプラ社の新・小さな童話	ポプラ社
238	2014年	ごちそうびっくり箱	角川つばさ文庫	KADOKAWA
239	2015年	新装版　魔女の宅急便	角川文庫	KADOKAWA
240	2015年	新装版　魔女の宅急便 2（キキと新しい魔法）	角川文庫	KADOKAWA
241	2015年	新装版　魔女の宅急便 3（キキともうひとりの魔女）	角川文庫	KADOKAWA
242	2015年	新装版　魔女の宅急便 4（キキの恋）	角川文庫	KADOKAWA
243	2015年	新装版　魔女の宅急便 5（魔法のとまり木）	角川文庫	KADOKAWA
244	2015年	新装版　魔女の宅急便 6（それぞれの旅立ち）	角川文庫	KADOKAWA
245	2015年	トンネルの森 1945		KADOKAWA
246	2015年	角野栄子さんと子どもの本の話をしよう		講談社
247	2015年	おばけのアッチ パン・パン・パンケーキ	ポプラ社の新・小さな童話	ポプラ社
248	2016年	キキに出会った人びと：魔女の宅急便 特別編	福音館創作童話シリーズ	福音館書店
249	2016年	じてんしゃギルリギルリ	そうえん社日本のえほん	そうえん社
250	2016年	ナーダという名の少女	角川文庫	KADOKAWA
251	2016年	おばけのコッチわくわくとこやさん	ポプラ社の新・小さな童話	ポプラ社
252	2017年	おばけのアッチおしろのケーキ	ポプラ社の新・小さな童話	ポプラ社
253	2017年	いろはにほほほ		アリエス ブックス

角野栄子　翻訳リスト

	刊行年	タイトル	レーベル名	版元	著者名
1	1990年	あおいふうせん		小学館	ミック・インクペン
2	1990年	わたしがあかちゃんだったとき		文化出版局	キャスリーン・アンホールト
3	1991年	ねむれないの？ちいくまくん	評論社の児童図書館・絵本の部屋	評論社	マーティン・ワッデル
4	1991年	くじらの歌ごえ		ブックローン出版	ダイアン・シェルダン
5	1991年	ねむたくなった	あかねせかいの本 18	あかね書房	ジェーン・R・ハワード
6	1991年	ぼくキッパー		小学館	ミック・インクペン
7	1992年	あたらしいおふとん	あかねせかいの本	あかね書房	アン・ジョナス
8	1992年	かぶとむしはどこ？		小学館	ミック・インクペン
9	1992年	チョコレート・ウェディング	リブロの絵本	リブロポート	ポージー・シモンズ
10	1992年	こぶたいたらいいな		小学館	ミック・インクペン
11	1992年	ひつじいたらいいな		小学館	ミック・インクペン
12	1992年	おばけれっしゃにのる	ゆかいながいこつくん 1	ポプラ社	アラン・アルバーグ
13	1992年	ペットやさんにいく	ゆかいながいこつくん 2	ポプラ社	アラン・アルバーグ
14	1992年	キッパーのおもちゃばこ		小学館	ミック・インクペン
15	1993年	わたしようちえんにいくの		文化出版局	ローレンス・アンホールト
16	1993年	キッパーのおたんじょうび		小学館	ミック・インクペン
17	1993年	きょうはわたしのおたんじょうびよ		文化出版局	キャスリーン・アンホールト
18	1994年	ミッフィーどうしたの？	ブルーナのおはなし文庫	講談社	ディック・ブルーナ
19	1994年	こぐまのボリス	ブルーナのおはなし文庫	講談社	ディック・ブルーナ
20	1994年	ボリスとバーバラ	ブルーナのおはなし文庫 3	講談社	ディック・ブルーナ
21	1994年	アリスおばさんのパーティー	ブルーナのおはなし文庫 4	講談社	ディック・ブルーナ
22	1994年	ボリスのやまのぼり	ブルーナのおはなし文庫 5	講談社	ディック・ブルーナ
23	1994年	ミッフィーのおうち	ブルーナのおはなし文庫 6	講談社	ディック・ブルーナ

	刊行年	タイトル	レーベル名	版元	著者名
24	1994年	しらゆきひめ	ブルーナのおはなし文庫 7	講談社	ディック・ブルーナ
25	1994年	あかずきん	ブルーナのおはなし文庫 8	講談社	ディック・ブルーナ
26	1994年	シンデレラ	ブルーナのおはなし文庫 9	講談社	ディック・ブルーナ
27	1994年	庭のよびごえ		ブックローン出版	ダイアン・シェルダン
28	1994年	スナッフィーのあかちゃん	ブルーナのおはなし文庫 10	講談社	ディック・ブルーナ
29	1994年	テディベアのたんじょうび	講談社の翻訳絵本	講談社	リー・デイビス
30	1994年	ボリスのゆきあそび	ブルーナのおはなし文庫 12	講談社	ディック・ブルーナ
31	1994年	THE BEAR くまさん		小学館	レイモンド・ブリッグズ
32	1994年	ボリスとバーバラのあかちゃん	ブルーナのおはなし文庫 11	講談社	ディック・ブルーナ
33	1995年	はるまでまってごらん		ほるぷ出版	ジョイス・デュンバー
34	1995年	テディベアのたからさがし	講談社の翻訳絵本	講談社	リー・デイビス
35	1995年	ミッフィーのたのしいテント	ブルーナのおはなし文庫 16	講談社	ディック・ブルーナ
36	1995年	キッパーのくまちゃんさがし		小学館	ミック・インクペン
37	1996年	アップルパイをつくりましょ りょこうもいっしょにしちゃいましょ		ブックローン出版	マージョリー・プライスマン
38	1996年	うさぎのホッパー ちかみちにはきをつけて	世界の絵本	講談社	マーカス・フィスター
39	1996年	キッパーのゆきだるま		小学館	ミック・インクペン
40	1997年	どうしてそらはあおいの？		ほるぷ出版	サリー・グリンドリー
41	1997年	テディベアのたのしいがっこう		講談社	リー・デイビス
42	1997年	ふたりいっしょだね ちいくまくん	児童図書館・絵本の部屋	評論社	マーティン・ワッデル
43	1997年	ぼくのなまえはイラナイヨ		小学館	ミック・インクペン
44	1997年	ミッフィーのおばあちゃん	ブルーナのおはなし文庫 17	講談社	ディック・ブルーナ
45	1997年	ボリスのすてきなふね	ブルーナのおはなし文庫 18	講談社	ディック・ブルーナ
46	1997年	うさぎのホッパー きのうえのぼうけん	世界の絵本	講談社	マーカス・フィスター
47	1997年	テディベアのクリスマス		講談社	リー・デイビス
48	1998年	チビモグちゃんのおつきさま		ほるぷ出版	ハイアウィン・オラム
49	1998年	ミッフィーのたのしいびじゅつかん	ブルーナのおはなし文庫 19	講談社	ディック・ブルーナ
50	1998年	ツィン！ツィン！ツィン！ おたのしみのはじまりはじまり		BL 出版	ロイド・モス
51	1998年	サリーちゃんとおおきなひまわり		ポプラ社	エマ・ダモン
52	1998年	ミッフィーどうしたの？	ブルーナのちいさなかみしばい 1	講談社	ディック・ブルーナ
53	1998年	星空のどうぶつえん		メディアファクトリー	ジャックリン・ミットン
54	1998年	すなあそび	リトルキッパー絵本	小学館	ミック・インクペン
55	1998年	ミッフィーのたのしいテント	ブルーナのちいさなかみしばい 2	講談社	ディック・ブルーナ
56	1998年	あひるちゃん	リトルキッパー絵本	小学館	ミック・インクペン
57	1998年	あめぽつんぽつん	リトルキッパー絵本	小学館	ミック・インクペン
58	1998年	こぶたのアーノルド	リトルキッパー絵本	小学館	ミック・インクペン
59	1998年	ミッフィーのおばあちゃん	ブルーナのちいさなかみしばい 4	講談社	ディック・ブルーナ
60	1999年	ブレーメンのおんがくたい	えほん世界のおはなし	講談社	グリム
61	1999年	たいへんはがないの		BL 出版	エイミー・マクドナルド
62	1999年	じょうずだね ちいくまくん	児童図書館・絵本の部屋	評論社	マーティン・ワッデル
63	1999年	わたしのだいじなかぞく		文化出版局	キャスリーン&ローレンス・アンホールト
64	1999年	キッパーのクリスマス		小学館	ミック・インクペン
65	1999年	ペンギンスモールくん		小学館	ミック・インクペン
66	2000年	キッパーとあそぼうよ	キッパーのはめえブック	小学館	ミック・インクペン
67	2000年	キッパーのいただきます	キッパーのはめえブック	小学館	ミック・インクペン
68	2000年	キッパーのおふろだいすき	キッパーのはめえブック	小学館	ミック・インクペン
69	2000年	キッパーのおやすみなさい	キッパーのはめえブック	小学館	ミック・インクペン
70	2000年	くまのこちゃん		小学館	ミック・インクペン
71	2000年	ミッフィーとメラニー	ブルーナのおはなし文庫 20	講談社	ディック・ブルーナ
72	2000年	ちいさなロッテ	ブルーナのおはなし文庫 21	講談社	ディック・ブルーナ
73	2000年	おやすみなさいおひめさま： いいこはねんねねむねむねんね		小学館	ミック・インクペン
74	2000年	ボリスとあおいかさ	ブルーナのおはなし文庫 22	講談社	ディック・ブルーナ
75	2000年	ピンとペン	ブルーナのおはなし文庫 23	講談社	ディック・ブルーナ
76	2000年	ちょうちょ	リトルキッパー絵本	小学館	ミック・インクペン
77	2000年	プールがぷしゅー	リトルキッパー絵本	小学館	ミック・インクペン
78	2000年	お祭りにいけなかったもみの木		偕成社	市川 里美

	刊行年	タイトル	レーベル名	版元	著者名
79	2000年	あしたはたのしいクリスマス		小学館	クレメント・クラーク・ムーア詩
80	2001年	キッパーとおおきなたまご	キッパーのさわってあそぶ絵本	小学館	ミック・インクペン
81	2001年	キッパーべたべた	キッパーのさわってあそぶ絵本	小学館	ミック・インクペン
82	2001年	おうちにかえろう ちいくまくん	児童図書館・絵本の部屋	評論社	マーティン・ワッデル
83	2001年	ミッフィーのおばけごっこ	ブルーナのおはなし文庫 24	講談社	ディック・ブルーナ
84	2001年	ベッドがいっぱい：ページをひらくと ベッドがとびだすたのしいしかけえほん		小学館	ローレン・チャイルド
85	2002年	いたずらふたごチンプとジィー		小学館	キャサリンとローレンス・アンホールト
86	2002年	チンプとジィーおおあらしのまき		小学館	キャサリンとローレンス・アンホールト
87	2002年	キッパーところころハムスター		小学館	ミック・インクペン
88	2002年	まほうつかいミッフィー	ブルーナのおはなし文庫 25	講談社	ディック・ブルーナ
89	2003年	チンプとジィーあそびましょ		小学館	キャサリンとローレンス・アンホールト
90	2003年	チンプとジィーおとだしてあそぼ		小学館	キャサリンとローレンス・アンホールト
91	2003年	ミッフィーとおどろう	ブルーナのおはなし文庫 26	講談社	ディック・ブルーナ
92	2003年	ボリスはパイロット	ブルーナのおはなし文庫 27	講談社	ディック・ブルーナ
93	2003年	クラリス・ビーンあたしがいちばん！		フレーベル館	ローレン・チャイルド
94	2003年	ラガディ・アン　ありがとうの気持ち		金の星社	ジョニー・グルエル
95	2004年	ラガディ・アン　キャンディ・ハートの知恵		金の星社	ジョニー・グルエル
96	2004年	ラガディ・アン　友情のことば		金の星社	ジョニー・グルエル
97	2004年	ミッフィーのてがみ	ブルーナのおはなし文庫 28	講談社	ディック・ブルーナ
98	2004年	こうさぎジャック：しっぽはどこ？		小学館	バーナデット・ワッツ
99	2004年	ミッフィー　はじめてのえほん　第１集		講談社	ディック・ブルーナ
100	2004年		アンデルセンの絵本	小学館	エリック・ブレグバッド他
101	2005年	ミッフィー　はじめてのえほん　第２集		講談社	ディック・ブルーナ
102	2005年	ミッフィー　はじめてのえほん　第３集		講談社	ディック・ブルーナ
103	2005年	ぐっすりおやすみ、ちいくまくん	児童図書館・絵本の部屋	評論社	マーティン・ワッデル
104	2007年	ねむれないの、ほんとだよ		岩波書店	ガブリエラ・ケセルマン
105	2007年	ふたりはなかよし	ふたりはなかよしシリーズ 1	そうえん社	イローナ・ロジャーズ
106	2007年	ふたりはクリスマスで	ふたりはなかよしシリーズ 2	そうえん社	イローナ・ロジャーズ
107	2008年	ふたりでブランコ	ふたりはなかよしシリーズ 3	そうえん社	イローナ・ロジャーズ
108	2008年	ふたりでおえかき	ふたりはなかよしシリーズ 4	そうえん社	イローナ・ロジャーズ
109	2008年	ふたりでおかいもの	ふたりはなかよしシリーズ 5	そうえん社	イローナ・ロジャーズ
110	2008年	こうさぎジャック：ぼくたちともだち		小学館	バーナデット・ワッツ
111	2010年	エラのふしぎなぼうし	ゾウのエラちゃんシリーズ 1	小学館	カルメラ・ダミコ
112	2010年	エラのはじめてのおつかい	ゾウのエラちゃんシリーズ 2	小学館	カルメラ・ダミコ
113	2011年	エラのがくげいかい	ゾウのエラちゃんシリーズ 3	小学館	カルメラ・ダミコ
114	2011年	バレエをおどるいぬなんていない？		BL出版	アンナ・ケンプ
115	2011年	こんにちは あかちゃん		福音館書店	メム・フォックス
116	2011年	パンケーキをたべるサイなんていない？		BL出版	アンナ・ケンプ
117	2012年	ラプンツェル		文化学園文化出版局	グリム
118	2013年	どうぶつのおともだち はらっぱのおともだち		ポプラ社	カミーユ・ジュルディ
119	2013年	どうぶつのおともだち まきばのおともだち		ポプラ社	カミーユ・ジュルディ
120	2015年	長くつしたのピッピ	ポプラ世界名作童話 8	ポプラ社	アストリッド・リンドグレーン
121	2015年	ねむりひめ		文化学園文化出版局	グリム

角野栄子　年譜

1935年(昭和10)		1月1日、東京深川に生まれる。父は質商を営んでいた。姉一人、弟二人、妹二人、六人兄弟の次女として育つ
1940年(昭和15)	5歳	生母が病死
1941年(昭和16)		父が再婚。太平洋戦争開戦
1944年(昭和19)	9歳	山形県西置賜郡長井町、現在の長井市に学童疎開
1945年(昭和20)	10歳	3月10日の東京大空襲で深川の家が焼ける 継母、弟、妹と一緒に千葉県に疎開。父は徴用され東京に姉と残る。この時の経験をもとに、『トンネルの森　1945』を記す。8月15日終戦
1948年(昭和23)	13歳	疎開先から東京へ戻り、大妻中学校2年に編入
1953年(昭和28)	18歳	早稲田大学教育学部英語英文学科、入学 龍口直太郎ゼミを受講
1957年(昭和32)	22歳	大学卒業後、紀伊國屋書店出版部に勤務
1958年(昭和33)	23歳	結婚
1959年(昭和34)	24歳	自費移民として、ブラジルへ2ヶ月の船旅を経て渡航。2年間滞在する
1961年(昭和36)	26歳	ブラジルからヨーロッパ、カナダ、アメリカを経由して帰国
1966年(昭和41)	31歳	娘誕生
1970年(昭和45)	35歳	早大時代の恩師、龍口氏のすすめで、ブラジルでの体験を元に『ルイジンニョ少年　ブラジルをたずねて』をポプラ社より出版。作家デビュー
1982年(昭和57)	47歳	『大どろぼうブラブラ氏』で第29回産経児童出版文化賞大賞受賞
1984年(昭和59)	49歳	『ズボン船長さんの話』『わたしのママはしずかさん』等で第6回路傍の石文学賞、『ズボン船長さんの話』で旺文社児童文学賞、『おはいんなさい　えりまきに』で第31回産経児童出版文化賞受賞
1985年(昭和60)	50歳	『魔女の宅急便』を出版。同作で第23回野間児童文芸賞、第34回小学館文学賞、1986年IBBYオナーリスト文学賞受賞
1989年(平成元年)	54歳	『魔女の宅急便』が、スタジオジブリ(監督：宮崎駿)で長編アニメ映画化
1993年(平成5)	58歳	『魔女の宅急便』が舞台化。ミュージカルとして上演される (演出：蜷川幸雄、音楽：宇崎竜童。95年、96年と続演。キキ役：初演／工藤夕貴、再演／小高恵美、入絵加奈子、再再演 / 持田真樹)
1998年(平成10)	63歳	継母死去
同年		父死去
2000年(平成12)	65歳	紫綬褒章受章
2011年(平成23)	76歳	第34回巖谷小波文芸賞受賞
2012年(平成24)	77歳	『ズボン船長さんの話』がミュージカル化
2013年(平成25)	78歳	第48回東燃ゼネラル児童文化賞受賞
2014年(平成26)	79歳	『魔女の宅急便』が実写映画化(監督：清水崇)。旭日小綬章受章
2016年(平成28)	81歳	『トンネルの森　1945』で第63回産経児童出版文化賞ニッポン放送賞受賞
同年～2017年(～平成29)		『魔女の宅急便』が舞台化され、イギリスのサザーク・プレイハウスで上演

（協力）
株式会社福音館書店
株式会社ポプラ社
浜勇商店
カフェ・ヴィヴモン・ディモンシュ
児童書専門書店　株式会社こどもの広場
スペースポンド

p20　ミュージカル『魔女の宅急便』© 角野栄子／関西テレビ放送
実写版『魔女の宅急便』ブルーレイ発売中（5,700円＋税）発売元：東映ビデオ
アニメーション版『魔女の宅急便』©1989 角野栄子・Studio Ghibli・N
発売元：ウォルト・ディズニー・ジャパン

p60　『カレーライスはこわいぞ』『ハンバーグつくろうよ』『おばけのアッチとドララちゃん』『スパゲッティがたべたいよう』
（作：角野栄子／絵：佐々木洋子／小さなおばけシリーズ／ポプラ社）

p109　『女』（著：ジュール・ミシュレ／訳：大野一道／藤原書店）
『カミの誕生』『カミと神』『草木虫魚の人類学』（著：岩田慶治／講談社学術文庫：品切れ）
『グリーンマン』（著：W・アンダーソン／訳：板倉克子／河出書房新社）
『魔女（上・下）』（著：ジュール・ミシュレ／訳：篠田浩一郎／岩波文庫）
『魔女からの手紙』（著：角野栄子／画：荒井良二、ディック・ブルーナ、いとうひろし、大島妙子、鴨沢祐仁、和田誠、市川里美、五味太郎、黒井健、児島なおみ、スズキコージ、橋本淳子、国井節、長新太、高林麻里、宇野亜喜良、西巻茅子、杉浦範茂、スーザン・バーレイ、太田大八／ポプラ社）
『魔女に会った』（著：角野栄子／写真：みやこうせい／福音館書店）
『新 魔女図鑑』（著：角野栄子／画：下田智美／ブロンズ新社）
p112　初出『鬼ヶ島通信』 1983年2号 （原題：『だぶだぶのセーター』）

＊「レタスクラブ」2016年7/25～10/25号『角野栄子さんのすてきなくらし』より一部写真を転載。
＊創作・翻訳リストは国会図書館のデータベースを基に新たに作成したものです。書籍以外のものや全集内の個別タイトルなど一部省いたものがあります。本文中に掲載した情報は2017年3月現在のものです。

角野栄子（かどの　えいこ）
東京深川生まれ。1959年から２年間ブラジルに滞在。70年その体験をもとに描いたノンフィクション『ルイジンニョ少年　ブラジルをたずねて』でデビュー。85年代表作『魔女の宅急便』を刊行、野間児童文芸賞、小学館文学賞、IBBYオナーリスト文学賞受賞。国内でアニメーション映画化、舞台化、実写映画化され、2016年末からはロンドンで舞台化された。『大どろぼうブラブラ氏』『ズボン船長さんの話』『ヨコちゃんとライオン』など著作多数。00年に紫綬褒章、14年旭日小綬章受章。16年『トンネルの森　1945』で産経児童出版文化賞ニッポン放送賞受賞。

文・構成／赤澤かおり
デザイン／茂木隆行
撮影／馬場わかな

『魔女《まじょ》の宅急便《たつきゆうびん》』が生《う》まれた魔法《まほう》のくらし
角野栄子《かどのえいこ》の毎日《まいにち》　いろいろ

2017年３月25日　初版発行
2021年１月30日　11版発行

著者／角野栄子《かどのえいこ》

発行者／堀内大示

発行／株式会社KADOKAWA
〒102-8177　東京都千代田区富士見2-13-3
電話　0570-002-301（ナビダイヤル）

印刷所／図書印刷株式会社

製本所／図書印刷株式会社

ISBN 978-4-04-104605-0　C0095

おわりの
とびらを
あけて

かどの えいこ